MONT St MICHEL
VITRÉ • FOUGÈRES

HACHETTE

2 FR. 50

GUIDES-MANUELS

Complément indispensable des guides pratiques du voyageur, ces guides-manuels ont été réalisés dans le double but de diriger ses pas et de fixer ses souvenirs.

Commaille (J.) : *Guide aux ruines d'Angkor.* 1 vol. in-16, illustré de 152 grav. et de 3 plans, cart. percaline. 8 fr.

Homo (Léon), professeur à la Faculté des lettres de Lyon. *La Rome antique.* 1 vol. in-16, cartonné toile. 25 fr.

Reinach (Salomon), de l'Institut : *Apollo,* histoire générale des arts plastiques, professée en 1902-1903 à l'Ecole du Louvre. 6e édition revue. 1 v. in-16, illustré de 606 gravures, cart. toile. . 20 fr.

Rochegude (Marquis de) : *Promenades dans toutes les rues de Paris par arrondissement.* 24 vol. in-16, cart., contenus dans un élégant étui. 60 fr.

Rodocanachi (E.) : *Le Capitole romain antique et moderne.* 1 vol. in-16, avec 47 gravures et 1 carte en couleurs, cart. percal. 10 fr.

— *Les monuments antiques de Rome encore existants.* 1 vol. in-16, ill., cartonné. 10 fr.

Thédenat (H.), de l'Institut : *Le Forum romain et les Forums impériaux.* 4e édition refondue. 1 vol. in-16, avec 46 gravures et 2 grands plans, cart. percaline. 6 fr.

UN MOIS à...

Collection entreprise pour apprendre aux touristes l'art de voyager ...

Celarié (Henriette) : *Un mois en Corse.* 1 vol. avec grav. et plans.

Dauzat (A.) : *Un mois en Suisse.* 1 vol. in-16, ill.

Fouchier (L. et Ch. de) : *Un mois aux Pyrénées,* 1 vol. avec gravures et plans.

Gruyer (Paul) : *Huit jours à Versailles.* 1 vol. avec grav. et plans.

Maurel (André) : *Un mois en Italie.* 1 volume illustré.

— *Un mois à Rome,* ouvrage illustré de 152 gravures et de 32 plans. 1 volume.

— *Quinze jours à Naples.* 1 vol. avec 124 grav. et 16 plans.

— *Quinze jours à Venise.* 1 vol. avec grav. et plans.

— *Quinze jours à Florence.* 1 vol. avec grav. et plans,

Chaque volume, in-16, mi-relié. 15 fr.

GUIDES DIAMANT

LE MONT-St-MICHEL

VITRÉ, FOUGÈRES, DOL
ET LEURS ENVIRONS

1 CARTE

5 PLANS

25

GRAVURES

LIBRAIRIE HACHETTE
79, Bd SAINT-GERMAIN, PARIS
1922

Photo Jean Voisin.

Le Mont-Saint-Michel : vue prise en aéroplane à 500 m. d'altitude.

Photo Neurdein.

Le Mont-Saint-Michel « au Péril-de-la-Terre ».

VERS LE MONT-SAINT-MICHEL

1° *De Paris à Pontorson.*

A. — PAR FOLLIGNY.

CHEMIN DE FER : État, 354 k. ; les billets d'aller et ret. ordinaires donnent droit à un arrêt facultatif à Granville au retour. Pour la description détaillée de la route entre Paris et Pontorson, *V.* le Guide Diamant : *Normandie.*

ROUTE : 322 k. O. Départ par la Porte-Maillot et le Bois de Boulogne; 5 k. *Pont de Suresnes* et, sur 3 k., côte de Suresnes (103 m.); 12 k. *Ville-d'Avray*, et forte *côte de Picardie* (184 m.); descente; 16 k. *Versailles*; 20 k. *Saint-Cyr*; montée raide; 23 k. *Bois-d'Arcy*; descente rapide; 41 k. *Montfort-l'Amaury*; 49 k. *Carrefour des Quatre-Piliers*; belle descente; 57 k. *Houdan*; plaine; 70 k. *Brissard*; belle vue à la descente dans la vallée de l'Eure (92 m.); 76 k. *Dreux*; montée à 141 m.; 85 k. *Le Plessis-Remi*; descente dans la vallée de l'Avro; 90 k. *Nonancourt*; 111 k. *Verneuil-sur-Avre*; route en ligne droite sur un plateau (170-229 m.), coupé à (125 k.) *Chandai* par la vallée de l'Iton; 133 k. *Laigle*; vallée de la Risle; 149 k. *Sainte-Gauburge*; 154 k. *Planches*; montée à 300 m.; 165 k. *Nonant-le-Pin*, dans le vallon de la Gueuge; montée; 175 k. *Haras du Pin*; 180 k. *Silli-en-Gouffern*; belles vues; 185 k. *Urou*; descente dans la vallée de l'Orne; 188 k. *Argentan*; 212 k. *Saint-Hilaire-de-Briouze*; traversée des vallées de la Rouvre et d'un de ses affluents; 215 k. *Briouze*, bifurc. pour *Bagnoles-de-l'Orne*; 232 k. *Flers*; parcours accidenté; 264 k. *Vire*; route très pénible jusqu'à Villedieu; 291 k. *Villedieu*, où l'on prend, à g., avant le bourg, une route ondulée; belle descente en vue d'Avranches avant de franchir la Sée; 301 k. *Avranches*, dont on contourne le plateau à g., si l'on veut éviter la montée dans la ville; parcours plat; 307 k. *Pontaubault*; 308 k. 5, carrefour de 6 routes : à dr., bifurc. directe de 15 k. pour le Mont-Saint-Michel.

Partant de la gare des Invalides, la voie longe la Seine à dr. jusqu'à la sortie de Paris, où elle passe sous le viaduc du Point-du-Jour (ch. de fer de Ceinture); puis elle s'éloigne peu à peu du fleuve en s'élevant au-dessus de la plaine d'Issy-les-Moulineaux et s'engage dans le vallon de Val-Fleury, en passant sous le viaduc de Meudon (ligne de Montparnasse à Versailles). Par un long tunnel sous la forêt de Meudon, on débouche près de Chaville et l'on rejoint la ligne de Montparnasse à Viroflay.

18 k. *Versailles*, gare des Chantiers. Au sortir d'un tunnel et d'une tranchée, on découvre à dr. le *château de Versailles*, précédé de la pièce d'eau des Suisses. On longe à dr. le parc, puis, en contre-bas, la grande gare de triage dite des Matelots. — 27 k. *Saint-Cyr*; à dr., en contre-bas, l'École militaire. On laisse à g. la ligne de Chartres et l'on parcourt un plateau aux larges ondulations. — 33 k. *Plaisir-Grignon*; à dr., ligne de Mantes. — 40 k. *Villiers-Neauphle-Pontchartrain.* — 45 k. *Montfort-l'Amaury.* — 63 k. *Houdan* : jolie vue à g. sur la ville et le donjon. — On franchit l'Eure pour atteindre la vallée de la Blaise.

Après (82 k.) *Dreux*, on croise la vallée de la Blaise : à dr., jolie vue sur la ville et sur la chapelle royale au milieu de l'ancienne enceinte du château. — La voie gagne ensuite la fraîche vallée de l'Avre, qu'elle remonte. — 118 k. *Verneuil-sur-Avre*, une des petites villes anciennes les plus intéressantes de la Normandie. — On traverse la forêt de Laigle et l'on descend dans la vallée de la Risle, qu'on franchit une fois avant, et trois fois après (141 k.) *Laigle.* — 168 k. *Le Merlerault*, au centre de gros pâturages et sur le bord de la rivière des Authieux ou ruisseau de Saint-Martin. — Au delà de (182 k.) *Surdon* (bifurc. pour Sées à la belle cathédrale, Alençon et le Mans), on franchit l'Orne et le Don près de leur confluent.

197 k. *Argentan*, qui possède deux églises intéressantes. — On franchit l'Orne, la Cance, et enfin la Rouyre, puis son affluent à Pointel. — Au delà de (226 k.) *Briouze*, on laisse à g. le marais du Grand-Hazé. — 243 k. *Flers*, sur un coteau dominant le Noireau. — 247 k. *Cerisi-Belle-Etoile*, que domine à l'O. le mont Cerisi (264 m.). — 271 k. *Vire*, bâtie en amphithéâtre sur une colline qui commande vers le N. un vaste horizon et que la Vire contourne au S. et à l'O. au fond du pittoresque vallon des Vaux-de-Vire. — La vallée de la Vire franchie, on parcourt une contrée boisée, sillonnée de cours d'eau. — 255 k. *Saint-Sever*, sur la lisière N. de la forêt de ce nom. — La voie franchit la Sienne, puis l'Airou.

313 k. **Folligny** (buffet; hôt. *Declomesnil*, en face de la gare, neuf, électr., chauff.), gare importante, au croisement des lignes de Paris à Granville et de Lison à Lamballe. Le village est à 1 k. à g. Château du XVIe s. — On change de train. La ligne d'Avranches se dirige vers le S.

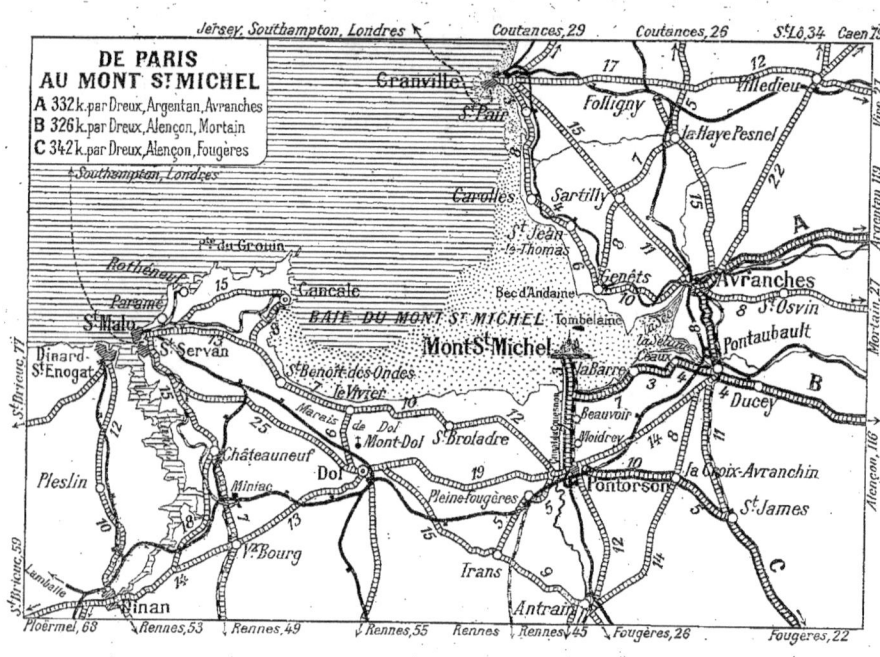

DE PARIS
AU MONT St MICHEL

A 332 k. par Dreux, Argentan, Avranches
B 326 k. par Dreux, Alençon, Mortain
C 342 k. par Dreux, Alençon, Fougères

318 k. *La Haye-Pesnel*, sur un coteau au pied duquel coule le
Thar. — La voie descend bientôt vers la vallée de la Sée; on
aperçoit, à dr., au loin, le Mont-Saint-Michel; très belle vue, en
avant et à dr., puis à g., sur la colline escarpée d'Avranches,
avant de traverser la Sée.

332 k. *Avranches* (hôt. : *Bonneau*, près de la gare, syndicat
d'initiative; *d'Angleterre*, r. des Courtils, 6, T. C. F.; *de France et
de Londres*, r. du Docteur-Gilbert, 4-8, etc.), vieille ville de
6,094 hab., occupe une magnifique situation, au-dessus de la
vallée et de l'estuaire de la Sée et face à la baie du Mont-Saint-
Michel, sur une colline de 104 m. d'alt. d'où l'on découvre un des
plus beaux panoramas de Normandie. — Pour les détails, *V.* le
Guide Diamant : *Granville, Coutances, Avranches*.

D'AVRANCHES AU MONT-SAINT-MICHEL PAR GENÊTS ET LES GRÈVES (10 k.,
ch. de fer départemental, ligne de Granville, jusqu'à Genêts; puis 6 k. env,
S.-O.). — On coupe la ligne d'Avranches à Pontorson et l'on traverse l'estuaire
de la Sée sur un double viaduc courbe, de 90 m. — 2 k. *Marcey*. — 3 k. *Vains*.
— 5 k. *Vains-Saint-Léonard*, station desservant Saint-Léonard (à 1 k. 5
à dr.), hameau de pêcheurs dont l'église, auj. convertie en ferme, date de
l'époque romane (xiie s.). — 7 k. *Bacilly*.

10 k. **Genêts** (hôt. : *des Voyageurs*, T.C.F.; *du Mont-Saint-Michel*; *de la
Gare*; voit. pour le *Mont-Saint-Michel*, s'adresser aux hôtels), village où se
pratique l'élevage des oies et des moutons, point d'accès du Mont-Saint-Michel
par les grèves. Les ressources sont peu nombreuses; outre les hôtels, on peut
trouver des logements meublés très simples. C'est un endroit intéressant
pour les artistes.

La petite *église* gothique date du xive s., avec tour à gargouilles et à balustrade; le clocher, le chœur et le porche sont classés parmi les mon. hist. : à
l'intérieur, nef couverte en bois, tableaux anciens; dans une vitrine, Vierge
habillée à la mode espagnole; maître-autel à baldaquin du xviie s.

Au delà de l'église on atteint une petite rivière qui vient se perdre dans
les vastes *grèves*, d'où surgit la merveilleuse silhouette du Mont-Saint-Michel
(6 k. 2 à vol d'oiseau). Au premier plan vers la dr., on découvre l'îlot de Tombelaine (3 k. 5; p. 31). Au bord de ces grèves, faites de sable légèrement
vaseux, paissent des moutons dits « prés-salés »; des troupeaux d'oies s'ébat-
tent dans le lit et sur les gorges de la rivière.

La mer se retire à 14 k. de distance; elle remonte ensuite, principalement
aux grandes marées, avec une incroyable rapidité. Le spectacle de ces grèves
est impressionnant; nous conseillons à ceux qui admirent la nature de coucher
un soir à Genêts.

On trouve à Genêts des voitures spéciales, montées sur de grandes roues,
qui conduisent au Mont-Saint-Michel : elles sont précédées par un homme
à pied, qui reconnaît les gués et les passages difficiles, où les touristes ne
sauraient s'aventurer seuls sans danger.

Au delà d'Avranches, la voie ferrée se dirige vers le S. —
Après (338 k.) *Pontaubault*, on franchit la Sélune. — 354 k.
Pontorson (p. 9).

DE PONTORSON AU MONT-SAINT-MICHEL, p. 10.

B. — PAR LE MANS-VITRÉ.

CHEMIN DE FER : État, 414 k. Les prix des billets simples sont les mêmes
que par Folligny. Cette voie est surtout employée par les touristes qui font

GENÉTS.

un voyage en Bretagne ou le combinent avec un voyage en Normandie. Pour la description détaillée de la route, V. le Guide Diamant : *Bretagne.*

ROUTE : 388 k. — 16 k. de Paris à Versailles, p. 3. — De Versailles, on gagne Chartres (85 et 86 k.) soit par *Dampierre, Rambouillet* et *Collainville*; soit par *Chevreuse, Cernay* et *Rambouillet*, soit par *Buc, Toussus,* gare de *Limours,* les *Essarts, Saint-Chéron* et le *Moulin-Rouge.* — De Chartres, belle route montant légèrement jusqu'à *Courville* (104 k.); plus accidentée jusqu'à *Margon* (139 k.) et *Nogent-le-Rotrou* (140 k.). — Puis

Photo Neurdein.

Voiture de Genêts traversant les grèves.

on longe la charmante vallée de l'Huisne et l'on descend vers *Avezé* (156 k.) et *la Ferté-Bernard* (161 k.). — Ensuite côtes fréquentes jusqu'au Mans. On traverse *Duneau, Connerré* (181 k.) *Yvré-l'Évêque* (202 k.). — 209 k. *Le Mans.* — On sort du Mans par la place des Jacobins, le tunnel, le pont Yssoir et la place de la Croix-d'Or, où on laisse à dr. la route d'Alençon. La route est, jusqu'à Laval, pittoresque mais assez dure, coupée de côtes et de descentes nombreuses. Elle traverse *l'Arche, Chauffour, Coulans, Brains* (227 k.), *Chassillé, Saint-Denis-d'Orgues* (246 k.), *Saint-Jean-sur-Erve* (255 k.), *Vaiges* et *Bonchamp* (280 k.). — 286 k. *Laval.* — On sort de Laval par la place de l'Hôtel-de-Ville, la rue de Joinville et la rue de Bretagne. La route est belle mais fortement ondulée. Elle traverse *Saint-Berthevin* (291 k.), *la Chapelle-du-Chêne* (299 k.), *la Gravelle* (306 k.) et *Loutinière* (316 k.), d'où une descente en pente douce amène à *Vitré* (323 k.). — On sort de Vitré par la place Saint-Yves et la ville basse, en laissant à g. la route de Rennes; on traverse la Vilaine et l'on remonte sur le coteau qui fait face à Vitré : belle vue. Au sommet de la côte on prend la 2e route à dr.; on croise les rivières de la Pérouse et de la Cantache puis le ch. de fer. — On traverse ensuite *Taillis* (331 k.), *Saint-Christophe* (335 k., *Billé* (342 k.)

et l'on atteint *Fougères* (350 k.). Après Fougères on suit la route de Saint-Malo (descente presque continuelle), par *Saint-Étienne-en-Coglès* et *Sainte-Brice-en-Coglès* (360 et 365 k.), jusqu'à *Antrain* (376 k.). On quitte alors la route de Saint-Malo pour prendre celle de *Pontorson* (388 k).

La ligne, partant de Paris-Montparnasse, passe entre (6 k.) *Clamart* et (8 k.) *Meudon* sur le viaduc de Val Fleury (belle vue à dr. sur la vallée de la Seine et Paris), puis domine à dr. le verdoyant vallon de (10 k.) *Sèvres*.

17 k. **Versailles** (gare des Chantiers). — Peu après la gare, au delà d'un tunnel et d'une longue tranchée, on aperçoit à dr. la vaste pièce d'eau des Suisses que dominent au fond la terrasse de l'Orangerie et le château de Versailles; puis on longe du même côté la gare de triage des Matelots. — 27 k. *Saint-Cyr*. A dr., célèbre École militaire. La voie laisse à dr. la ligne de Granville et parcourt le plateau uni de (28 k.) *Trappes*, puis un coin de la forêt de Rambouillet. — 48 k. *Rambouillet* : château fondé au xive s. — On descend par le joli vallon de la Guéville dans la vallée de la Vègre que l'on croise à (61 k.) *Epernon* (jolie vue à dr.), puis on aperçoit à dr. Hanches et son gros clocher du xve s. — 69 k. *Maintenon* : beau château du xvie s. — On franchit la Voise et sa vallée sur un viaduc de 32 arches, puis on suit la vallée de l'Eure sur la rive dr. En arrivant à (88 k.) *Chartres*, on franchit la rivière et l'on aperçoit à g. la cathédrale, merveille de l'architecture et de la sculpture gothiques.

Au delà de Chartres, on traverse la plaine de la Beauce. — Après (106 k.) *Courville*, sur le versant d'un coteau au pied duquel coule l'Eure, on quitte la Beauce pour entrer dans le Perche, région accidentée, fraîche et verdoyante, coupée de haies et baignée de nombreux ruisseaux. — On traverse l'Eure avant (114 k.) *Pontgouin*, et la forêt de Montécot avant (124 k.) *la Loupe*, puis la voie s'enfonce dans une tranchée longue de 4 k,. où elle passe du versant de la Seine sur celui de la Loire et descend vers l'Huisne par les jolis vallons de la Donnette, puis de la Corbionne. — On franchit bientôt l'Huisne, dont on suit désormais jusqu'au Mans la large vallée très fraîche et toute en prairies. — 149 k. *Nogent-le-Rotrou*, au pied d'un coteau escarpé et couronné de belles ruines féodales. — Après (159 k.) le *Theil*, on entre dans le pays Fertois, couvert de riches prairies dominées par des coteaux boisés, et l'on traverse la Même. — 170 k. *La Ferté-Bernard*, qui mérite une visite pour sa magnifique église et son ancienne porte fortifiée. — Au delà de (187 k.) *Connerré*, on franchit deux fois l'Huisne.

211 k. **Le Mans**. On traverse la Sarthe et le canal : vue à dr. sur la ville et sa magnifique cathédrale. — Après avoir passé dans la tranchée des Roches, longue de 1,800 m, on voit à dr. (247 k.) *Sillé-le-Guillaume*, son château et son église. — Au delà, la voie longe, sur la dr., la chaîne des Coëvrons et franchit l'Érve. On découvre sur la g. un joli paysage, terminé à l'horizon par le monticule sur lequel s'élèvent l'église, le vieux château et les murailles de Sainte-Suzanne.

270 k. *Evron.* — La voie franchit la Jouanne, puis les Deux-Evailles. — 301 k. *Laval.* Le ch. de fer franchit la Mayenne sur un viaduc de 9 arches, long de 180 m. et haut de 28, d'où la vue, à g., embrasse toute la ville. — 318 k. *Port-Brillet*, près d'un vaste étang. — 336 k. *Vitré* (p. 33), où l'on change de train. La ligne de Fougères-Pontorson franchit la Vilaine sur un viaduc de 9 arches, en domine quelque temps la rive dr., puis gagne la vallée agreste de la Cantache, qu'elle remonte. — 355 k. *Châtillon-en-Vendelais.* Jolie vue, à g., sur l'étang de Châtillon. — Avant (373 k.) *Fougères* (p. 43), on longe un affluent du Couesnon, puis le Couesnon. Au delà de la gare de Fougères, le ch. de fer passe sous la ville par un tunnel de 286 m. et débouche dans la vallée de Nançon, que l'on traverse, puis entre dans la vallée de l'Oysance, dont on passe un méandre, sur deux ponts que sépare le tunnel de la Hongrais (84 m.). — Au delà de (403 k.) *Antrain*, on suit la vallée de l'Oysance, puis celle du Couesnon.

414 k. **PONTORSON**, ch.-l. de c. de 2,141 hab. (Manche) et petit port sur la rive dr. du Couesnon canalisé, est la tête de ligne du tramway du Mont-Saint-Michel.

Point d'accès obligé d'une des excursions les plus célèbres de France, la petite ville est animée l'été par un mouvement de touristes considérable.

Hôtels : — à la gare : *du Chalet*, T.C.F.; *de la Gare*; *de France*; en ville, Grande-Rue : *de Bretagne*; *de l'Ouest.*

Restaurants : — nombreux autour de la gare; *Lechat Victor*, pl. de la Mairie, près de l'église (recommandé). — Le prix des repas, qui est de 5 fr. env. dans les restaurants, varie de 6 à 10 fr. dans les bons hôtels.

Voitures : — le prix varie avec la course; des autos font le service du Mont-Saint-Michel et les excursions alentour.

Trams : — pour le Mont-Saint-Michel (p. 10); pour Saint-Malo (ligne projetée de Pleine-Fougères à Saint-Malo par Pontorson, Roz-sur-Couesnon, Saint-Broladre, Cherrueix, Le Vivier-sur-Mer, Vildé-la-Marine, Saint-Benoît; en attendant, service d'autobus).

HISTOIRE. — Pontorson eut jadis un château, dont il ne reste rien et que défendit Du Guesclin; sa sœur Julienne y déjoua une attaque nocturne des Anglais, qui avaient gagné ses chambrières. Ces perfides servantes furent cousues dans des sacs et jetés dans le Couesnon. — Aux portes de Pontorson, dit M. Le Héricher, est la terre du Glaquin; on sait que le roi donna au connétable une terre aux portes de cette ville et, parmi les nombreuses formes anciennes du nom de Du Guesclin, Glaquin est une des plus constantes. Près du pont, il eut un de ses duels les plus célèbres.

De la gare, on prend à g. une courte avenue qui, presque aussitôt, tourne à dr. et débouche dans la *Grande-Rue* de Pontorson ou *rue du Couesnon.* Descendant cette rue, on passe devant la poste à g., et l'on prend, quelques maisons après, la *rue Saint-Michel*, où s'élève le monument aux Morts pour la France; à l'angle, maison à piliers, qui aboutit à une place où sont la mairie et les halles et à l'extrémité de laquelle on aperçoit l'église.

L'église (mon. hist.) appartient au style roman du XIIe s. avec chapelles ajoutées au XVe s. A la façade, grand *portail* roman flanqué de tourelles avec clochetons rapportés; on entre sur le flanc S. de l'église, par une petite porte romane, avec figures gro-tesques.

INTÉRIEUR. — En haut du bas-côté g., chapelle avec important *retable* en pierre de la Renaissance, très mutilé et qui représente diverses scènes de la Passion; tous les personnages sont décapités. — Au-dessus, anciennes statues de saints, en bois. — Sous la fenêtre de g. de cette même chapelle, bas-relief de même époque que le retable, mutilé également, et représentant l'Ascension.

2° *De Pontorson au Mont-Saint-Michel.*

ROUTE : 9 k. N. — Tram à vapeur, 11 k. en 30 min. : 1 fr. 50, 2 fr. 25, 3 fr. 05. — En été des voitures publiques et des autos desservent le Mont-Saint-Michel, concurremment avec le tram.

Les voyageurs qui se trouvent dans la ville de Pontorson n'ont pas besoin de retourner jusqu'à la gare pour prendre le tram du Mont-Saint-Michel; ils peuvent l'attendre à l'arrêt de Pontorson-Ville qui se trouve tout près de l'église et de l'extrémité de la Grande-Rue, vers le Couesnon.

De Pontorson, le tram, dont le tracé est parallèle à celui de la route, court sur la rive dr. du Couesnon. — 3 k. *Moidrey.* — On voit, à g., de vastes dépôts de « tangue » extraite de la baie du Mont-Saint-Michel et qu'on laisse plusieurs mois à dessaler avant de l'employer comme engrais. Ce sable, pétri de débris de coquilles marines, est riche en carbonate de chaux et précieux pour amender les terres maigres.

Au delà du Couesnon, s'étendent les vastes « polders » récemment reconquis sur la baie. — 7 k. *Beauvoir*, à dr., sur la dernière croupe de l'ancien rivage : église du XVIII° s.

Soit de la route, soit de la plate-forme des wagons du tram, on ne tarde pas à apercevoir, au loin en avant, la célèbre abbaye se dressant de toute sa hauteur au-dessus du rocher qui la porte, et l'aiguisant de tout l'élan, de tout le jet superbe et élégant de sa flèche terminale. Le spectacle en est saisissant.

Au delà de *la Caserne*, la voie et la route s'engagent sur le remblai, long de 1,900 m., appelé la *digue*, qui relie depuis 1881 le Mont-Saint-Michel au continent.

A g., le Couesnon, endigué et canalisé, coule à travers d'immenses grèves où s'avance de plus en plus l' « herbu » que paissent des moutons dits « prés-salés »:

La **baie du Mont-Saint-Michel**, que l'on coupe en ligne droite, est un des parages les plus curieux des mers françaises. Située à la limite de la Normandie et de la Bretagne, elle s'est formée depuis les temps préhistoriques, par un travail d'érosion de la mer sur les anciens rivages et par un affaissement du sol.

En l'an 709, la forêt de Scissy ou de Quokelunde, qui entourait le mont, était submergée.

Comprise entre la Pointe du Grouin de Cancale, à l'O., et le Roc de Granville, à l'E. (*V.* la carte, p. 5), la baie mesure 22 k. de large, de l'un à l'autre de ces points, et s'enfonce dans les terres, d'une profondeur de 23 k. env.

Dès le moyen âge, les riverains tentèrent de reprendre à la mer ce que celle-ci avait pris jadis. C'est ainsi que fut peu à peu endigué, drainé, asséché

Le Mont-Saint-Michel : côté Sud, vu de la digue.

dans la partie O. de la baie, le Marais de Dol, que l'on traverse en se rendant à Saint-Malo. C'est aujourd'hui un terroir extraordinairement fertile, au milieu duquel le Mont Dol, entouré jadis par les flots, comme le Mont-Saint-Michel, n'est plus qu'un tertre couvert de bruyère, au milieu des champs de blés, de choux et de luzerne.

En 1856, la Cⁱᵉ des Polders de l'Ouest, ayant obtenu de l'Etat les concessions nécessaires, entreprit de faire subir le même sort à la partie de la baie qui avoisine le Mont-Saint-Michel. Depuis cette époque, les marais et les grèves qui s'étendaient jusqu'aux portes de Pontorson ont été reconquis sur 4 à 5 k. et transformés en « polders », aussi merveilleusement fertiles que les terres de Dol et en « prés-salés » qui, les précédant, sont comme leur avancée menaçante vers le Mont.

Mais quelque valables que soient les intérêts de l'agriculture, il convient maintenant d'arrêter l'œuvre de desséchement. Sinon, le Mont-Saint-Michel, — jadis Saint-Michel-au-Péril-de-la-Mer, aujourd'hui Saint-Michel-au-Péril-de-la-Terre, — enclavé dans les cultures, subirait le sort du Mont Dol, perdant d'un coup toute la sublime beauté de son paysage. Il paie d'ailleurs assez largement sa gloire pour avoir le droit qu'elle soit respectée.

Enfin la construction de la digue (1880), où passent le tram et la route, n'a pas été sans déranger les courants marins qui, auparavant, circulaient dans la baie. Modifiés ainsi artificiellement, ils favorisent l'ensablement du Mont. Là encore il serait nécessaire d'aviser et de couper une partie de la digue pour permettre le libre jeu des marées.

Un mouvement d'opinion considérable, soutenu principalement par l'active *Société des Amis du Mont-Saint-Michel* (167, rue Montmartre, à Paris), s'est dessiné depuis quelques années en faveur du maintien de l'insularité du Mont-Saint-Michel. Ce résultat ne pourra être obtenu que par d'importants travaux actuellement à l'étude : débridement des rivières qui se jettent dans la baie et la balaient, suppression partielle de diverses digues.

Ajoutons qu'au printemps de 1922 l'accord s'est fait entre les administrations des Travaux publics et des Beaux-Arts, sur le projet de coupure de la digue insubmersible du Mont, avec chaussée guéable au niveau des grèves actuelles. Ainsi l'insularité du Mont ne serait plus compromise.

Le tram dépose les voyageurs au pied du rempart qui encercle le Mont et auquel la digne s'appuie, enserrant à demi deux tours de l'enceinte qu'il importe de dégager.

Pendant l'été surtout, une nuée de garçons et de bonnes d'hôtels, de guides et de pisteurs divers, s'abat sur les touristes et les importune. On s'en débarrassera, à moins que l'on n'ait quelque colis à faire porter. — *Les gardiens qui font visiter l'abbaye ne sont qu'à l'abbaye même.* Suivre jusque-là notre itinéraire.

11 k. *Le Mont-Saint-Michel* (p. 15).

3º De Saint-Malo au Mont-Saint-Michel.

A. — PAR LA ROUTE.

(57 k. E.).

On sort de Saint-Malo par la porte Saint-Vincent, et la route nationale nº 155. — On longe d'abord la mer, en suivant la digue du *Sillon*, isthme étroit qui relie la ville de Saint-Malo à Paramé et d'où la vue sur la mer est admirable, puis on traverse

Paramé par l'avenue Pasteur, qu'une ligne de maisons sépare de
a mer.

3 k. *Paramé-bourg*. La route, suivie par le tram. de Cancale
parcourt un plateau, puis laisse à g. la route de Cancale et descend
vers la baie du Mont-Saint-Michel, qu'on va longer jusqu'au
Vivier. — 15 k. *Saint-Benoit-des-Ondes*, sur la baie. — 21 k. *Le
Vivier*, où l'on quitte le rivage pour tourner au S. et parcourir
e marais de Dol (p. 60); on laisse à g. le mont Dol (p. 60),
avant d'atteindre (29 k.) *Dol* (p. 55), d'où, par la route nationale
n° 176, on gagne (48 k.) *Pontorson* (p. 9). — 9 k., par la route,
le Pontorson au Mont-Saint-Michel, p. 10.

B. — PAR LE CHEMIN DE FER.

Etat; 58 k. E. par Dol, où l'on change de train.

9 k. *La Gouesnière-Cancale*, bifurc. pour Miniac et Dinan. —
14 k. *La Fresnais*, dont on voit à g. l'église moderne. — La voie
croise plusieurs canaux du Marais de Dol (p. 60). — Un peu avant
Dol, on a une belle vue, à g., sur le mont Dol (p. 60), puis, à dr.,
sur la cathédrale.

23 k. *Dol* (p. 55) où l'on prend la ligne de Folligny.

32 k. *La Boussac*. — 39 k. *Pleine-Fougères*. — On traverse le
Couesnon en atteignant (47 k.) Pontorson (p. 9). — 11 k., par
le tram, de Pontorson au Mont-Saint-Michel, p. 10.

L'abbaye, vue du bastillon d'angle.

Galerie du cloître.

LE MONT-SAINT-MICHEL

LE MONT-SAINT-MICHEL, ou simplement « Le Mont »
dans le langage courant, est un village de 230 hab. (Manche),
groupé en amphithéâtre sur un îlot granitique à peu près rond,
de 900 m. de circuit, et de forme conique, haut de 78 m. à la plate-
forme de l'église abbatiale.

Une ceinture de remparts, percée d'une seule ouverture au
niveau de la grève, entoure les maisons du village qui s'étagent
sur les flancs S. et E. de la colline; c'est la face S. que l'on aperçoit
en arrivant par la digue. Le côté O. n'offre que des rochers escarpés
et le flanc N. vers la pleine mer est ombragé par un petit bois. Le
sommet de la colline est occupé par l'ensemble des constructions
de l'ancienne abbaye, que dominent la flèche effilée et moderne
de son église et la statue dorée de St Michel, par Frémiet.

Renseignements pratiques.

Hôtels : — *Etablissements Poulard,*
T.C.F. (1er ordre; chauff.; bains; jardin); *de la Confiance* (rep. 8 fr., 20 ch.
8 fr. à 14 fr., pens. complète 25 fr.;
gar.); *Duval, Duguesclin* (tous les deux
avec terrasse sur le rempart); *de la*
Croix-Blanche (déj. 7 fr., din. 8 fr.,
10 ch. dep. 6 fr., pens. complète 24 fr.).

Tous les hôtels sont dans la Grande-
Rue; la boisson que l'on y sert est le
cidre; vin en supplément.

Restaurants : — dans la Grande-

Rue, nombreux petits restaurants et auberges à tous prix.

Cafés : — *de l'hôtel Poulard*, à la Porte du Roi; — nombreux cafés sur les remparts (belle vue).

Autogarages : — à *l'hôtel Poulard* (dépôt d'essences et d'huile). — Les automobiles peuvent aussi stationner en plein air, sur la digue, au pied du rempart, sous la surveillance de gardiens.

Tram : — pour *Pontorson*, 1 fr. 50, 2 fr. 25, 3 fr. 05.

Voitures : — pour *Pontorson* et pour *Genêts* : prix variables selon la course; faire le prix d'avance.

Visite de l'abbaye : — *V.* p. 20. .

Poste et télégraphe : — Grande-Rue.

Bateau pour le tour du Mont et pour Tombelaine. — Recommandations importantes, *V.* p. 30.

Spécialité : — *omelettes* (dans tous les hôtels).

Histoire.

ORIGINES. — Le Mont-Saint-Michel s'appela d'abord le *Mont-Tombe*. C'était jadis, en effet, comme les *Bés* de Saint-Malo, et comme son voisin, l'îlot de *Tombelaine* (diminutif du nom), une de ces « tombes de la mer » où, selon la mythologie celtique, les âmes étaient transportées après la mort, par une barque invisible, pour y dormir leur dernier sommeil. Le nom de *Mont-Tombe* lui resta jusqu'au commencement du VIIIe s.

A cette époque, le monde catholique s'émut au récit d'une apparition de l'archange St Michel, dont St Aubert, évêque d'Avranches, aurait été favorisé en 708. Sur l'ordre reçu de St Michel, le prélat creusa en contre-bas de la pointe culminante du Mont-Tombe, un oratoire qui fut remplacé, au Xe s., par l'église carolingienne, laquelle, à son tour, servit de soubassement à la basilique romane (XIe s.). L'oratoire primitif était imité de celui qu'on voyait creusé, en Italie, dans le mont Gargano, sur lequel le saint était également apparu. L'an 1137, un abbé du Mont-Saint-Michel éleva aussi une chapelle priorale sur l'îlot de Tombelaine. L'îlot a, depuis, gardé ce nom, tandis que l'île principale s'appelait successivement *Saint-Michel-en-Tombe*, *Saint-Michel-en-Mer*, *Saint-Michel-au-Péril-de-la-Mer*, *Saint-Michel-du-Mont* et, plus simplement, le *Mont-Saint-Michel*.

Quelques chapelains furent attachés par St Aubert au service de son oratoire, qui ne tarda pas à devenir un lieu de pèlerinage. Lors des invasions normandes, on fortifia la sainte colline, qui échappa ainsi au pillage et à l'incendie. Ces invasions, en forçant un certain nombre de familles du continent à chercher dans l'île un refuge, donnèrent lieu à la formation du bourg.

CONSTITUTION DE L'ABBAYE. — En 966, Richard 1er, duc de Normandie, trouvant que les clercs chargés de desservir le pèlerinage étaient peu appliqués à leurs fonctions et en nombre insuffisant, les remplaça par des religieux Bénédictins, et l'abbaye fut constituée.

Le Mont-Saint-Michel devint anglais, en même temps que la Normandie, par le fait de la conquête d'Angleterre par Guillaume le Conquérant. Mais, en 1203, le roi de France envoya pour le reprendre une expédition; celle-ci, ne pouvant s'emparer de l'abbaye par escalade, y alluma un incendie et une partie des anciens bâtiments furent détruits. Philippe Auguste dédommagea royalement les religieux, qui commencèrent aussitôt la reconstruction et édifièrent ce qu'on appelle aujourd'hui « la Merveille ». Quelques années après fut entrepris un système complet de fortifications, dont l'exécution fut vivement poursuivie au moyen d'une offrande considérable faite par St Louis, lors d'une visite à l'abbaye, en 1254. Dès lors le Mont-Saint-Michel fut de plus en plus une abbaye militaire qui eut, sous les ordres de l'abbé, gouverneur reconnu par le roi de France, une garnison entretenue aux frais communs du roi et du monastère.

DU MOYEN AGE A LA RÉVOLUTION. — Comme ces fortifications n'auraient pas suffi à préserver le Mont de l'invasion anglaise, durant la seconde partie de la guerre de Cent Ans, on construisit de nouveaux remparts, enceinte continue, renforcée de tours, bastions et échauguettes. En 1423, en effet, les Anglais, maîtres de Tombelaine, s'y retranchèrent; ils se préparaient à attaquer l'abbaye, lorsque, à l'instigation du duc de Bretagne, qui ne voulait à aucun prix voir le Mont-Saint-Michel occupé par les ennemis, les Malouins armèrent une flottille qui les chassa. Les Anglais ne tardèrent pas à revenir et tentèrent, en 1434, un assaut décisif. Mais, vigoureusement repoussés, ils abandonnèrent dans leur fuite deux bombardes, encore conservées près de la porte de la ville (p. 18).

A cette période malheureuse succéda pour les religieux une ère de prospérité. La dévotion à St Michel, que Jeanne d'Arc avait contribué à propager, attira au Mont plus de pèlerins et, par suite, plus de dons que jamais; le nombre des aubergistes et des marchands augmenta considérablement. Louis XI mit le comble au prestige du monastère en instituant, en 1469, l'ordre royal de chevalerie dit de Saint-Michel, dont les premières assises furent tenues dans la salle appelée depuis lors salle des Chevaliers.

Les guerres de religion furent, pour le Mont, comme l'avait été la guerre de Cent Ans, une période de misères et de périls; mais l'abbaye résista encore à tous les assauts, particulièrement à celui de 1577, qui faillit réussir, et à celui de 1591, qui coûta au capitaine de Montgomery plusieurs de ses meilleurs soldats et n'eut pas plus de succès.

Peu à peu, cependant, les mœurs des religieux s'étaient relâchées. La vie à moitié militaire qu'ils menaient et surtout le régime abusif de la commende, qui livrait les revenus du monastère à des abbés qui n'avaient de l'abbé que le nom, furent les principales causes de cette décadence. On dut les remplacer, en 1622, par des Bénédictins réformés de la congrégation de Saint-Maur, qui occupèrent le Mont-Saint-Michel jusqu'en 1790. Malheureusement, les rois de France y enfermèrent, notamment au XVIIIe s., plusieurs victimes des lettres de cachet.

TEMPS MODERNES. — Après la Révolution, on fit du Mont-Saint-Michel une maison de détention; cette destination, qui lui fut maintenue jusqu'en 1863, donna lieu à des mutilations regrettables du monument. Enfin les bâtiments de l'abbaye et les remparts devinrent, en 1874, la propriété des Monuments Historiques, chargés de pourvoir à une restauration générale. Commencée par l'architecte Corroyer, poursuivie par Petitgrand qui a édifié la flèche actuelle, cette restauration est dirigée depuis 1898, par M. Paul Goût.

Conseils pratiques.

Le Mont-Saint-Michel et sa baie constituent une curiosité pittoresque et monumentale *unique en France*. Cette excursion fait partie obligatoire d'un voyage circulaire en Normandie ou en Bretagne, mérite même un voyage spécial. La visite du Mont peut se faire en 3 ou 4 h., entre deux trains. Mais il est bien préférable d'y passer au moins un jour, et même d'y coucher, afin de voir la baie sous les deux aspects différents, à marée basse et à marée haute, et de contempler du haut des remparts *l'admirable spectacle de la marée montante*, ainsi que le lever et le coucher du soleil.

Pour que la vision soit complète cependant, il est nécessaire, autant que possible, de choisir un moment du mois favorable. En effet, en temps de « morte-eau » (premier et dernier quartier de la lune), la mer n'arrive pas jusqu'au Mont. Ce n'est qu'en temps de « vive-eau » (nouvelle et pleine lune) que la mer couvre toute la baie et ses immenses sables désertiques, où elle se retire à 20 k. Les jours de *grande marée* surtout, et par clair de lune, le spectacle est merveilleux et l'on en emportera d'inoubliables impressions (p. 29). Les grandes marées arrivent 36 heures après les pleines et les nouvelles lunes; les deux jours qui précèdent ou qui suivent cette date, la montée du flot est encore fort belle.

LA VILLE

Aspect général. population. — « C'est, écrit M. MARCEL MONMARCHÉ, sur les flancs E. et S. du Mont, les moins abrupts, que s'est agrippée la ville. Ceinturée étroitement dans ses remparts, qui vont se rattacher comme un collier à la masse dominante de l'abbaye, elle entasse les uns sur les autres ses vieux logis de granit et de bois, étriqués, enchevêtrés, entremêlés d'arbres pourtant et éclaircis çà et là de minuscules jardinets en gradins, petits carrés de terre rapportée, grands comme le creux de la main et cultivés avec amour.

« Restée délicieusement archaïque d'aspect, en dépit de quelques taches modernes, cette miniature de vieille ville fortifiée, où l'on ne pénètre que par une seule porte, ne se compose guère que d'une seule rue — la *Rue* — une ruelle plutôt, étroite, tortueuse, escarpée, chevauchée de poternes et de porches, surplombée d'encorbellements, d'auvents et d'enseignes à potence et qui grimpe derrière le rempart, s'enroule en serpent au flanc du Mont jusqu'aux grands escaliers de l'abbaye. En dehors de « la Rue », ce ne sont qu'étroits passages, emmarchements, degrés et raidillons qui se faufilent au hasard entre les maisons. Délicieuses sont les vues plongeantes qu'on découvre de l'abbaye sur la dégringolade des pignons, les vieux toits d'ardoise aigus tachés de mousses et de lichens, les murs de granit fauves où des bouquets de ravenelles et d'œillets sauvages jaillissent de toutes les fissures, sur les touffes vertes des arbres, les coins de jardinets fleuris, la rainure profonde de la rue; tout un fouillis de vieille ville, cascadant au flanc du rocher et cerclé, arrêté net au bas de sa chute par le crénelage du rempart, au-dessus du désert de sable ou d'eau.

« La population qui vit dans ce décor étroit et clos, mais en face d'un immense horizon, n'a pas varié depuis le lointain moyen âge; elle a toujours vécu de l'abbaye et des grèves. Aujourd'hui comme jadis, ce sont des aubergistes qui hébergent le pèlerin, ce sont des marchands de « menues quincailleries » qui lui vendent un souvenir. Ce sont enfin de rudes et vaillants pêcheurs, familiarisés avec toutes les perfidies des grèves; hommes et femmes, ils vont, jambes nues, armés de leur crochet et le « dossier » sur les épaules, ramasser ces jolies « coques » particulières à la baie, qui figurent sur le blason de l'abbaye et sont devenues le signe distinctif des pèlerins; ils vont encore traîner leurs « havenets » dans les chenaux et les mares ou, laissant échouer sur le sable leur barque à fond plat, ils tendent entre deux marées des filets où le jusant laissera des soles, des mulets, des saumons. »

Le Mont n'a pas d'autres sources que celles des petites fontaines Saint-Aubert et Saint-Symphorien, le plus souvent taries. La pénurie d'eau douce se ferait péniblement sentir pendant la saison sèche, si les vastes citernes de l'abbaye n'y recueillaient l'eau pluviale et n'alimentaient la ville à l'aide de bornes fontaines.

En arrivant, on a devant soi, à l'extrémité de la digue, la *tour de l'Arcade* et la *tour du Roi*; à g., une passerelle en bois amène à la *porte de l'Avancée*, la seule ouverte dans le rempart et par laquelle on entre dans la ville. Aux grandes marées, la mer arrive jusqu'au seuil de cette porte et même la franchit.

On se trouve alors dans une première cour, où l'on voit : à g., le *corps de garde des Bourgeois* (1530) et l'*Avancée*, muraille crénelée; à dr., le bureau du tram, ainsi que d'énormes boulets de pierre et les *Michelettes*, deux bombardes abandonnées par les Anglais en 1434 (*V. Histoire*, p. 17).

Franchissant une 2ᵉ porte, la *porte du Boulevard*, on pénètre dans une seconde cour, dite *cour du Boulevard*, où se trouve l'hôtel des Établissements Poulard, avec son café et de nombreuses dépendances. Il a succédé à l'ancien hôtel de la Mère Poulard, de légendaire mémoire, célèbre surtout par ses fameuses omelettes, et qui s'est retirée, il y a quelques années, après fortune faite.

Par une 3e porte, dite *porte ou logis du Roi (mon. hist.), surmontée d'une maison qui sert de mairie, on entre dans la ville proprement dite. La porte du Roi, du commencement du xve s., a conservé sa herse de fer, ses mâchicoulis et un bas-relief représentant les armes royales (fleurs de lys), celles de l'abbaye (coquilles) et celles de la ville (bandeau ondé avec des saumons).

A cet endroit on peut abandonner la Grande-Rue, pour prendre, à dr., un escalier de pierre montant le long de la curieuse *maison de l'Arcade* (mon. hist.), récemment restaurée, et de la *tourelle du Guet*, et aboutissant immédiatement au chemin de ronde des remparts. Suivant ceux-ci vers la g. en haut de l'escalier, on arriverait également à *l'abbaye* (p. 20).

Nous conseillons cependant de monter la Grande-Rue, dont l'aspect est des plus curieux.

Au retour, on descendra par le rempart.

Prenant en face de soi la **Grande Rue**, unique artère de la ville, on monte par une pente fort raide, entre des maisons à pignons et à façades surplombantes, la plupart des xve et xvie s.; tous les rez-de-chaussée sont occupés par des auberges, cafés, débits, magasins de photographies, cartes postales, faïences, souvenirs divers. Le pavé est usé et glissant. On passe devant la poste, à dr., avant d'atteindre la petite église paroissiale.

L'**église paroissiale** (mon. hist.), ou église du village, remonte au xie s.; sous le chœur, ajouté au xvie s., est percé un escalier accédant au petit cimetière sur lequel s'ouvre une porte d'entrée; à g., *statue de Jeanne d'Arc*, sans valeur.

Chœur. — Devant le chœur, rangée de *pierres tombales* encastrées dans le sol; sur la 8e est gravé en creux un énorme ver de terre. — Dans le chœur, à dr. et à g., deux *fauteuils* en bois sculpté, œuvre de prisonniers enfermés dans l'abbaye qui, au dernier siècle, servait de lieu de détention.

Bas-côté dr. — *Statue tombale* décapitée. — **Vierge Noire**, dite *Notre-Dame de Mont-Tombe* (ancien nom du Mont-Saint-Michel), érigée dans la crypte des *Gros-Piliers* (abbaye) en 1863, en souvenir de Notre-Dame-de-Sous-Terre et de *N.-D.-des-30-Cierges*, qui étaient vénérées dans le monastère avant la Révolution. — *Chapelle Saint-Michel* (nombreux ex-voto; *épée du général Lamoricière*, offerte au saint par son possesseur), avec un St Michel et un autel lamés d'argent modernes, primitivement placés dans l'abbaye. Ces divers objets de piété furent transférés ici lors de la reprise du monument par l'Etat, en 1886.

Nef. — Au bas de la nef, à l'opposite du maître-autel actuel, le rocher affleure. A côté se trouve une cuve baptismale monolithe (xiiie s.); au milieu de la nef, entre les arcades, grand Christ en bois sculpté (xviie s.); dans la petite chapelle, près de la porte, imposants fragments d'un vitrail du xve s.

Pèlerinage. — Depuis que les travaux de restauration ont empêché le culte dans la basilique, l'ancien pèlerinage de Saint-Michel s'est fait jusqu'à présent à *l'église paroissiale*. Les principales solennités ont lieu : le 8 mai (apparition de St Michel au mont Gargano); le lundi de la Pentecôte; le 2 août; le 10 sept. (fête de St Aubert); le 29 sept. (fête de St Michel); le 16 oct. (apparition de St Michel à St Aubert). En cas de grande affluence, la messe se dit en plein air, à la Croix de Jérusalem, dans un cadre pittoresque. Le rétablissement du culte dans la basilique est actuellement envisagé (1922) et sera sans doute réalisé prochainement.

Au delà de l'église apparaissent, à g., quelques jardins en escaliers plantés d'arbres verts et de giroflées. Sur le pilier de la première porte après l'église, on lit « *logis Tiphaine* » et l'on voit au-dessus la *maison de Du Guesclin* — très restaurée et apocryphe, — que l'illustre capitaine aurait fait bâtir, en 1366, pour sa femme, Tiphaine Raguenet. — Dans un mur du jardin suivant, subsiste un *portail roman*. — Au-dessus de la rue, on voit surgir dans le ciel les immenses bâtiments de l'abbaye et les clochetons de son église.

Continuant à monter la Grande-Rue, qui est maintenant entrecoupée de marches, on arrive à un palier avec une croix moderne, dite *croix de Jérusalem*. Au-dessus de la haute muraille que l'on a en face de soi, l'œil embrasse dans son ensemble l'énorme construction, à 3 étages d'un seul jet, qui est cette partie de l'abbaye appelée « la Merveille », et que l'on visitera tout à l'heure; c'est là que se trouvent superposés le cellier et l'aumônerie, la salle des Hôtes et celle des Chevaliers, le cloître et le réfectoire des moines. Il se dégage de cette masse de pierre un bel effet de solidité et de puissance.

La bifurc. de dr. et celle de g. (escalier de pierre, dit *Grand-Degré* extérieur) conduisent pareillement à l'entrée de l'abbaye, que défend une enceinte de murailles crénelées.

Vers la g., et avant de pénétrer dans l'abbaye, se voit une maison basse, à arcades cintrées (xv⁰ s.), occupée par l'école communale; c'est l'ancien *cabaret de la Truie-qui-File*, où se réunissaient, pour boire, les soudards de la garnison abbatiale.

L'ABBAYE

VISITE : — L'abbaye est ouverte de 8 h. à 18 h. du 1ᵉʳ juin au 15 sept., le reste de l'année de 9 h. à 11 h. et de midi à 16 h. — La visite se fait par groupes et dure une heure env.; le gardien donne les explications nécessaires. On attend d'ordinaire dans la salle de l'Aumônerie, par où se termine également la visite. Diverses parties de l'abbaye étant en cours de restauration, l'itinéraire se trouve parfois modifié. — Jusqu'en 1922 la visite était gratuite et il était d'usage de donner une légère rémunération au gardien. Mais on prépare pour la saison 1922 une nouvelle réglementation comportant une entrée payante.

L'entrée des appareils de *photographie* est autorisée. Les personnes qui désireraient circuler seules dans l'abbaye ou y photographier en dehors des visites doivent demander une autorisation à l'Administration des Beaux-Arts, à Paris, r. de Valois, ou directement à M. Paul Goût, architecte de l'Abbaye (faire suivre).

L'abbaye (monument historique) avait pour toute communication avec l'extérieur la porte fortifiée qui s'ouvre sous le donjon ou *Châtelet*, entre deux hautes et étroites tourelles en encorbellement de la fin du xivᵉ s.; elle était défendue jadis par une herse de fer, qui se manœuvrait intérieurement du 1ᵉʳ étage. De cette porte part un escalier intérieur très raide, dit *escalier du Gouffre*;

montant cet escalier, on arrive à la *salle des Gardes*, du XIIIᵉ s., voûtée, avec une vaste cheminée. A dr. est la petite cour de la Merveille, avec la loge des gardiens qui font visiter le monument (vente de cartes postales, bibelots et ouvrages sur le Mont-Saint-Michel).

Au cas où l'itinéraire se trouve modifié et, de toute façon, afin de bien comprendre dans leur ensemble les constructions assez compliquées de l'abbaye, qui se superposent sur 3 étages différents, nous donnerons tout d'abord la composition sommaire de chacun de ces étages (se reporter aux 3 plans, p. 22 et 23). — 1ᵉʳ ÉTAGE (au sommet; on y monte par *l'escalier abbatial*, V. ci-dessous) : *plate-forme du Saut-Gauthier* (V. ci-dessous); *église* (V. ci-dessous); *cloître* (p. 25) et *réfectoire des moines* (Merveille) (p. 26); — 2ᵉ ÉTAGE (au-dessous du précédent) : *crypte souterraine* de l'église (p. 26); *cimetière des moines* (p. 26); *promenoir des moines* (p. 26); *chapelles diverses* (p. 26-27); *salle des Hôtes* et *salle des Chevaliers* (Merveille) (p. 28); — 3ᵉ ÉTAGE (au-dessous du précédent) : *cachots* (p. 26); *crypte de l'Aquilon* (p. 26); *cellier* et *aumônerie* (Merveille) (p. 29).

Par un escalier de 90 marches, dit *escalier abbatial* ou *Grand-Degré* intérieur (Pl. 2 et 3), on monte immédiatement aux étages supérieurs : à g. on a le vaste logis, intérieurement ruiné, des *bâtiments abbatiaux*, demeure des anciens abbés, commencé vers 1250 et continué au XIVᵉ s.; à dr. est l'église. On passe sous deux *ponts* : le premier, en pierre, est crénelé et pouvait servir de défense contre un envahisseur : par le second, en bois, entièrement couvert (reconstruit), l'abbé allait, de ses appartements, officier à l'église. Entre ces deux ponts on aperçoit encore dans le mur les arrachements d'un autre pont, auj. disparu. Plus haut, à dr., est la *citerne de l'Aumônerie*, à élégantes arcatures gothiques, du commencement du XVIᵉ s., récemment reconstituée.

En haut de l'escalier, est la *plate-forme* ou terrasse *du Saut-Gauthier* (Pl. 3), ainsi nommée d'un prisonnier qui, dans un accès de folie, se précipita dans le vide (78 m. d'alt.) : *vue magnifique sur la côte dans la direction de Pontorson.*

De la plate-forme, on entre dans l'église par le *portail latéral*, du XIIIᵉ s.

On en ressort presque aussitôt par la *façade*, refaite au XVIIIᵉ s. dans le style néo-classique le plus lourd, en retrait de la façade primitive, les premières travées de l'église s'étant écroulées. — On se trouve alors sur le *parvis*, formant une seconde terrasse, dite *terrasse de l'Ouest*, d'où la vue s'étend sur le cours jaunâtre du Couesnon.

Le fleuve se creuse son lit dans le sable jusqu'à la pleine mer; à l'horizon, à g., le mont Dol, la baie et les rochers de Cancale; à dr., la pointe de Carolles.

On rentre dans l'église.

L'église abbatiale, commencée en 1020, fut achevée en 1135; il reste de cette époque la *nef* et le *transept*, de style roman, restaurés de nos jours. Le *chœur* fut construit, de 1450 à 1521, dans le style ogival flamboyant, sur l'emplacement de l'ancien chœur roman écroulé: au-dessus des arcades du chœur, beau *triforium*, ou galerie à jour, délicatement sculpté. Dans la 1ʳᵉ chap. de dr. un bas-

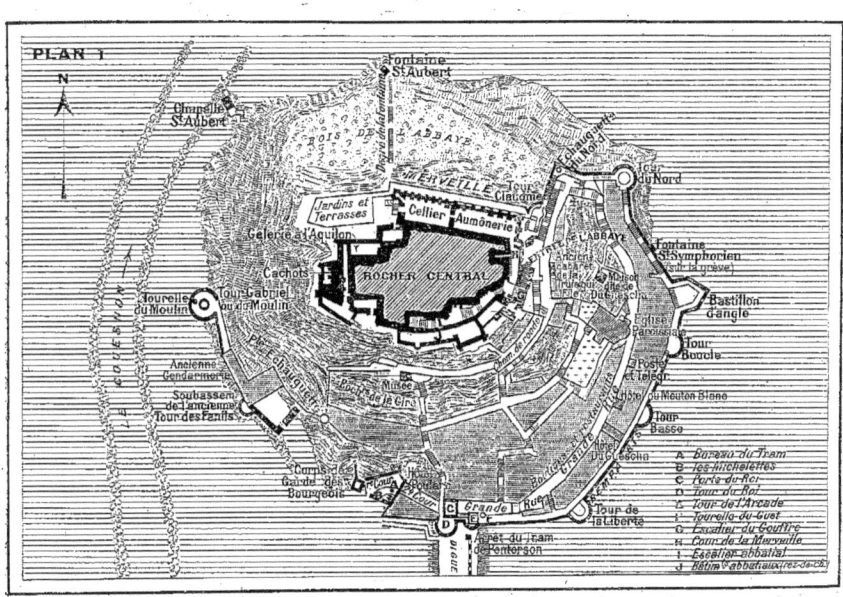

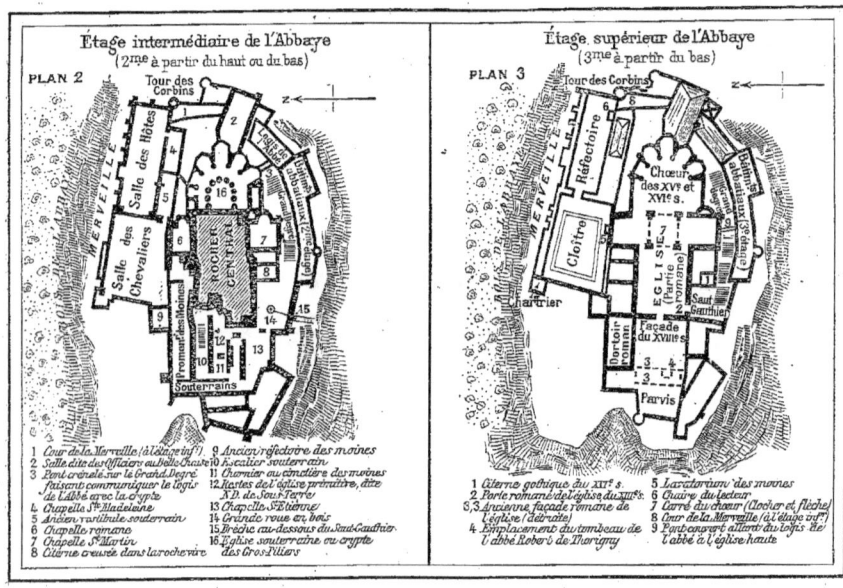

Étage intermédiaire de l'Abbaye
(2me à partir du haut ou du bas)

PLAN 2

Tour des Corbins

Étage supérieur de l'Abbaye
(3me à partir du bas)

PLAN 3

Tour des Corbins

1 Cour de la Merveille (à l'étage inf.)
2 Salle dite des Officiers ou Belle-Chaise
3 Pont-crénelé sur le Grand Degré faisant communiquer le logis de l'Abbé avec la crypte
4 Chapelle Ste Madeleine
5 Ancien vestibule souterrain
6 Chapelle romane
7 Chapelle St Martin
8 Citerne creusée dans la roche vive

9 Ancien réfectoire des moines
10 Escalier souterrain
11 Charnier ou cimetière des moines
12 Restes de l'église primitive, dite N.D. de Sous-Terre
13 Chapelle St Étienne
14 Grande roue en bois
15 Brèche au-dessus du Saut-Gauthier
16 Église souterraine ou crypte des Gros-Piliers

1 Citerne gothique du XIIe s.
2 Porte romane de l'église du XIIIe s.
3,3 Ancienne façade romane de l'église (détruite)
4 Emplacement du tombeau de l'abbé Robert de Thorigny

5 Lavatorium des moines
6 Chaire du lecteur
7 Carré du chœur (Clocher et flèche)
8 Cour de la Merveille (à l'étage inf.)
9 Portement allant du logis de l'abbé à l'église haute

relief représente les quatre Evangélistes; dans la 1re chap. de g., deux autres figurent Adam et Eve chassés du Paradis et la Descente du Christ aux Enfers. Ces 3 bas-reliefs, ainsi que deux petites *portes* Renaissance voisines, sont du xvie s.

Prenant dans la 2e chap. de dr., où l'on voit une jolie *crédence* sculptée dans le mur, un escalier à vis, on s'élève jusqu'à la *plate-forme* extérieure de *l'abside*, d'où la vue s'étend, à l'E. et au N., sur Avranches, Genêts et la pointe de Carolles, qui masque Granville.

On remarque les énormes *arcs-boutants* cintrés qui contre-butent les murs du chœur. Sur l'un d'eux passe hardiment un escalier de pierre aux rampes ajourées, dit *escalier de Dentelle*, qui mène (permission spéciale nécessaire) à la balustrade supérieure.

L'ensemble de l'église est dominé par une *flèche* moderne, que surmonte un *St Michel* doré *terrassant le démon*, par Frémiet. La statue, haute de 2 m. 50, pèse 800 kilog. et la pointe de l'épée sert de paratonnerre; elle est à 74 m. au-dessus du sol de l'église,

Photo E. Hamonic.

Escalier de Dentelle.

soit 152 m. au-dessus du niveau de la mer.

Redescendant dans l'église, on passe devant le primitif *dortoir* roman *des moines*, du xie s. avec fenêtres remaniées au xiiie, où est en formation un *Musée archéologique*.

On y a réuni déjà diverses curiosités trouvées au cours des travaux de restauration : statuettes, vases, monnaies, débris de vitraux et de carrelages, fragments d'étoffes, ossements, retable en albâtre du xve s. et objets découverts dans les sépultures de l'abbé Robert de Thorigny et de son successeur, qui étaient sous les dalles de la plate-forme précédant l'église.

On entre dans le cloître à l'étage supérieur de la « Merveille ».

La **Merveille**, dont on a vu extérieurement la formidable façade à 3 étages, commencée en 1203 à l'aide d'un subside du roi Philippe Auguste et terminée en 1228, représente l'enceinte claustrale proprement dite. C'est là que vivaient les religieux, loin du

Le cloître et le pignon du réfectoire.

monde, et n'ayant pour spectacle que la vue de la mer et de ses grèves sablonneuses. L'architecture de « la Merveille » résume ce qu'avait à la fois de plus robuste et de plus gracieux l'art normand du XIIIe s.

Le **cloître** (Pl. 3) occupe la moitié O. de l'étage supérieur, dont le réfectoire forme la partie O. Universellement célèbre, il fut achevé en 1228 et restauré, de 1877 à 1881, par l'architecte Corroyer.

Véritable bijou, il forme un rectangle long de 25 m., sur 14 de large. Il est orné de 227 colonnettes, dont 90 décorent les murailles latérales et 137, en granit rouge poli, forment une double colonnade à jour. Les écoinçons des arcs sont ornés de sculptures, rosaces, bas-reliefs, inscriptions, frise de petites roses et de feuilles d'acanthe, d'une infinie délicatesse et d'une merveilleuse variété. On y remarque : du côté S. (côté de l'église), en face de la porte d'entrée, dans l'entre-colonnement, 2 petites têtes d'abbés restaurées; dans la frise, en face de la fenêtre qui ouvre au couchant sur la mer, 4 autres têtes, peut-être celles d'artistes ayant travaillé au cloître, d'une charmante expression

On voit encore dans le cloître, à dr. de la porte d'entrée, le *lavatorium*, où chaque samedi les cuisiniers de semaine et, le Jeudi Saint, l'abbé lavaient les pieds des moines, en signe de charité.

A l'angle N.-O. du cloître, une tourelle renferme le **Chartrier**, petit *musée* à 2 étages et dont le nom indique bien la destination. Pour le visiter, une permission est nécessaire.

Sur le côté E. du cloître, de plain-pied s'ouvre l'ancien **réfectoire** des moines, de 1225, vaste salle couverte d'un grand berceau en bois restauré, éclairée par 59 fenêtres, longues et étroites. Les Bénédictins de Saint-Maur y avaient établi deux étages de cellules, aujourd'hui heureusement disparus. On voit dans le mur de dr. la chaire en pierre, d'où se faisait la lecture à haute voix pendant le repas; dans le sol (du même côté, angle de l'entrée), un grand trou circulaire servait à monter les denrées depuis la salle de l'Aumônerie (étage inférieur de la Merveille; p. 29).

Sortant de la Merveille, on visite les salles qui restent de l'abbaye primitive (XIe au XIIIe s.). D'abord une grande pièce, aux piliers épais et trapus, dénommée ordinairement le *promenoir des Moines* (du XIe s., mais remaniée au XIIe), parce qu'elle servit de préau de récréations à partir du XIIIe s. : c'était le réfectoire primitif; les cuisines sont à côté vers le N.; — des *cachots* sans jour (Pl. 1) construits par les Moines, qui avaient droit et devoir de haute et basse justice sur leurs terres, et où furent mis parfois en punition disciplinaire, pour quelques heures, au XIXe s., des prisonniers politiques ou de droit commun; — la *crypte de l'Aquilon*, aumônerie primitive (XIe s., mais remaniée au XIIe); — la *crypte de l'Ouest*, dénommée à tort par les écrivains romantiques *Charnier des Moines*, et qui n'est autre qu'une partie de l'église carolingienne (Xe s.), renforcée et agrandie au XIe s. pour servir de substruction à l'église supérieure, et dédiée durant tout le moyen âge à N.-D.-de-sous-Terre; — la *chapelle de Saint-Étienne* ou *chapelle mortuaire*, dont les dispositions actuelles remontent au XIIIe s.; — le *Grand Escalier*, qui va du quartier de l'Hôtellerie à l'église; — enfin les soubassements du Saut-Gauthier, maintenant occupés par une immense *roue* en bois qui servait, au siècle dernier, à monter les vivres aux prisonniers. On plaçait dans la roue cinq ou six d'entre eux, qui la faisaient tourner comme une roue d'écureuil, enroulant le câble qui passait par la brèche ouverte sur le vide; c'est par cette brèche que Barbès tenta inutilement de s'évader. — Dans l'un des sous-sols de l'hôtellerie, on montre une niche qui aurait contenu une cage où aurait été enfermé, en 1745, le gazetier Dubourg, qui avait écrit contre Louis XV : cette tradition est sans fondement.

On traverse ensuite la *chapelle* souterraine *Saint-Martin*, crypte

du transept S., qui servit longtemps de citerne et, par un corridor
noir, on gagne la *crypte des Gros-Piliers* (xvᵉ s.) qui soutient de
ses énormes colonnes, de 5 mètres de tour, le chœur de l'église

Photo E. Hamonic.

Salle des Hôtes.

supérieure; dans les angles de cette crypte sont deux *citernes*
contenant 1,200 tonnes d'eau qui alimentent les bornes-fontaines
du Mont.

La crypte du transept N. était consacrée à N.-D.-des-30-
Cierges; traces de peintures à la voûte.

Puis on rentre dans « la Merveille » par la *salle* dite *des Hôtes*, qui se trouve sous le réfectoire. Cette salle, bâtie vers 1215, longue de 35 m., est divisée en 2 nefs par d'élégantes et hautes colonnes avec chapiteaux ornés de feuillages, d'où partent vers la voûte huit nervures. On y voit deux vastes *cheminées*. C'était probablement le chapitre provisoire. Lorsque, au XVIIᵉ s., le réfec-

Salle des Chevaliers.

toire supérieur fut transformé, cette salle servit aux moines de *réfectoire*.

Vers l'extrémité E., s'ouvre la jolie *chapelle de Sainte-Madeleine* (XVIᵉ s.), dite du *Benedicite*.

On passe dans la **salle des Chevaliers**, située sous le cloître. Elle fut bâtie de 1215 à 1220 et a, comme la salle des Hôtes, deux grandes *cheminées*; sa longueur est de 26 m., sa largeur de 18. Elle est divisée en 4 nefs, de largeur inégale, par 3 rangs de colonnes cylindriques, avec beaux chapiteaux; les voûtes d'ogives ont des clefs sculptées. Cette salle portait primitivement le nom de *Scriptorium* ou salle de travail; elle devint salle des Chevaliers après l'institution par Louis XI, en 1469, des Chevaliers de l'Ordre de Saint-Michel, qui y tinrent leurs premières assises.

On descend à l'étage inférieur de « la Merveille » (Pl. 1) où sont le *cellier*, sous la salle des Chevaliers, et l'*aumônerie*, sous la salle des Hôtes.

Le cellier, qui recevait les approvisionnements, a 3 nefs et ses piliers carrés supportent les colonnes de la salle des Chevaliers. On l'appela, par ironie, *Montgomerie*, depuis la tentative infructueuse faite par Montgomery, en 1591, de s'emparer par surprise du Mont-Saint-Michel (*V. Histoire*, p. 17).

L'aumônerie, où se termine la visite, a 2 nefs; c'est là que les moines recevaient les indigents assistés par eux. A l'angle S.-O. de la salle, on remarque l'énorme cylindre pratiqué dans la maçonnerie et par où les denrées étaient montées, à l'aide d'un treuil, jusqu'au réfectoire supérieur des moines (p. 26).

On sort par la petite cour où est le logis du gardien et que l'on nomme *cour de la Merveille*. A l'angle de la « Merveille », tourelle des *Corbins*. On se retrouve dans la salle des Gardes et à l'escalier du Gouffre.

De l'abbaye, on peut aller visiter l'établissement privé, dit *musée du Mont-Saint-Michel* (payant). Il faut alors, en sortant, tourner à dr. et suivre à mi-côte la petite ruelle qui aboutit au musée (écriteaux indicateurs), bâti sur les rochers de la Gire. — On y voit : un panorama de bataille sur les grèves du Mont; des figures en cire représentant divers personnages dont le souvenir est lié à l'histoire de l'ancienne abbaye, ainsi que les détenus célèbres dans leurs cellules; des curiosités (armes, médailles, instruments de chasse, vieux coffres-forts, statuettes, miniatures, albâtres); quelques tableaux; une collection de cadrans et de coqs de montre depuis leur origine (sous Henri II, en 1551) jusqu'à 1820 et 1830, date de l'apparition des montres à cylindre.

Du musée, on peut redescendre directement au tram par des escaliers. Sinon on revient à l'abbaye, afin de faire le tour des remparts.

TOUR DES REMPARTS

Sortant de l'Abbaye par l'escalier du Gouffre, on passe sous l'arcade de la *Barbacane*, qui s'ouvre en face, et l'on descend en suivant la ligne des **remparts** (mon. hist.). Quelques marches, que l'on monte, amènent à la *tour Claudine*, accolée à la base de « la Merveille », et d'où l'on redescend à l'échauguette du Nord, puis, par la courtine du Nord, à la *tour du Nord* (1255-1260), qui fait l'angle du rempart.

C'est de cette tour que l'on a la plus belle *vue* sur la pleine mer; sur l'horizon, quand le temps est clair, on aperçoit les îles Chausey dont le phare, à éclats, brille le soir; c'est ici qu'il faut venir pour jouir du spectacle de la *marée montante* et du coucher du soleil.

Au delà de la tour du Nord, le rempart tourne vers la dr. et le chemin de ronde est entrecoupé de marches; un peu avant le second palier, à dr., restes de l'enceinte du xiv⁰ s. Puis on rencontre un bastillon d'angle, que suit la *tour Boucle* (cafés). Un peu au-dessous des remparts, à g., c'est ensuite la *tour Basse* (on est au niveau des toits des maisons de la Grande-Rue) et la *tour de la Liberté*.

Après être passé sous la toiture couverte qui protégeait le guet et qui recouvre le sommet de la tour de l'Arcade, on redescend par un escalier, à dr., à la porte de la ville. — Si l'on continuait à suivre plus loin le rempart, on trouverait des escaliers qui remontent au musée et à l'abbaye.

Tour du Mont. — Cette promenade recommandée est le complément classique de la visite du Mont, dont elle permet de voir les aspects d'ensemble sur les diverses faces. Elle peut se faire *en bateau* durant la pleine mer ou *à pied* (30 min. env.) à marée basse. Mais la grève n'est facilement praticable que dans la partie O., de la porte d'entrée à la chapelle Saint-Aubert; de là, les personnes qui craignent de se mouiller pourront revenir sur leurs pas, le parcours effectué étant d'ailleurs le plus pittoresque.

Au delà de la chapelle Saint-Aubert, au N. et surtout à l'E. du Mont, la grève est souvent coupée de flaques ou de courants d'eau, d'ailleurs sans profondeur et sans danger. Si l'on veut prendre la peine de se déchausser, on achèvera le tour du Mont sans autre inconvénient.

Sortant de l'enceinte, on tourne vers la dr. et l'on voit, au bord de la grève, le bâtiment de la gendarmerie, construit en 1828 pour loger le détachement de soldats envoyé dans l'île, quand l'abbaye servait de prison; sur cet emplacement s'élevaient jadis les *Fanils* (mon. hist.) ou magasins de bouche de l'abbaye.

Puis on rencontre la *tour Gabriel*, bâtie en 1534 et surmontée, en 1627, d'une petite tourelle destinée à servir de moulin à vent. La côte devient rocheuse, avec des escarpements à pic, parmi lesquels on atteint la pittoresque *chapelle Saint-Aubert* (mon. hist.; XIII° ou XIV° s.).

Franchissant les rochers en bas de l'escalier qui conduit au seuil de la chapelle, on aperçoit bientôt, vers la dr., un autre petit édicule carré; c'est le *puits* ou *fontaine Saint-Aubert*, source d'eau douce trouvée, dit-on, au VIII° s. par St Aubert, en quête d'eau pour les prêtres qu'il avait établis au Mont; fortifiée au XIII° s., cette fontaine alimenta l'abbaye jusqu'au XV° s.; on y descendait par un petit escalier à pic, à demi ruiné. Cette face Nord du Mont est couverte d'arbres et de taillis; en se reculant un peu sur la grève, on aperçoit dans son ensemble, au-dessus du bois, toute la face latérale de « la Merveille » : les longues et étroites fenêtres que l'on voit à l'étage supérieur sont celles du réfectoire des moines; le mur qui suit est celui du cloître, et les deux cheminées de pierre qui le surmontent sont celles de la salle des Chevaliers.

Continuant à suivre la grève, on trouve, là où le rempart recommence à plonger dans la mer, la *fontaine Saint-Symphorien*, qui coule goutte à goutte de la muraille même. C'est à cet endroit que l'on est parfois obligé de revenir sur ses pas, car des ruisseaux coulent à travers la grève. — En prenant un peu de recul on a alors la vue d'ensemble de l'E., également fort belle avec la ligne montante du rempart qui va se souder à l'Abbaye, le haut pignon de la Merveille flanqué à g. d'une mince tourelle, et la floraison flamboyante du chœur de l'église avec ses pinacles et ses arcs-boutants. — Sur le pan du mur qui suit la tour Basse, on remarque un *bas-relief* sculpté représentant un lion héraldique avec un écusson sous la patte; ce sont les armes de Robert Jollivet, 30° abbé du Mont (1410), qui fit élever autour du Mont l'enceinte actuelle de ses remparts.

Les grèves, Tombelaine et Genêts. — Il est expressément recommandé de ne pas s'aventurer au loin sur les grèves *sans être accompagné d'un guide*. On s'exposerait en effet à un double danger, celui d'être surpris par le flot montant, et celui de l'enlisement. L'un et l'autre, sans être aussi imaginaires qu'on l'assure parfois, ne doivent pourtant pas être redoutés au point d'empêcher toute promenade autour du Mont. Les « lises » sont des trous d'eau, recouverts d'une mince couche de sable, qui s'ouvrent soudain sous les pieds·

Des gens, des voitures, des chevaux y ont été engloutis. Enfin la *mer montante* atteint, à certaines marées, une vitesse que l'on ne saurait soupçonner. Comme elle s'épand sur les grèves d'une façon irrégulière, on peut se trouver tout à coup avec la route coupée et sans issue possible.

La principale excursion sur les grèves est celle de **Tombelaine** (3 k. N.); les pêcheurs du Mont sont des guides sûrs (souvent ils se contentent de renseigner sur l'état de la grève et sur l'heure de la marée, et l'on peut s'en rapporter à leurs indications); on peut aussi s'y rendre en bateau, à mer haute; prix à débattre. — Cet îlot granitique, qui atteint 56 m. d'alt., à égale distance du Mont et du continent (au Bec d'Andaine), a la pittoresque silhouette d'un énorme fauve accroupi. Il portait une chapelle, construite en 1137, dédiée à *Ste-Marie-la-Gisante*; 3 moines de l'abbaye y étaient établis dans un prieuré et la desservaient. Plusieurs fois (1356 et 1423), les Anglais s'en emparèrent et le fortifièrent; ils en furent chassés définitivement en 1450, par le connétable de Richemont. Au XVIIᵉ s., le fameux surintendant Fouquet posséda Tombelaine et en transforma le prieuré en château; après sa disgrâce (1666), le tout fut rasé par ordre de Louis XIV. Il n'y reste que quelques ruines broussailleuses.

De Tombelaine, on peut gagner, *toujours avec un guide*, la côte normande et le village de *Genêts* (p. 6; station du ch. de fer départ. de Granville et d'Avranches) (3 k. 5).

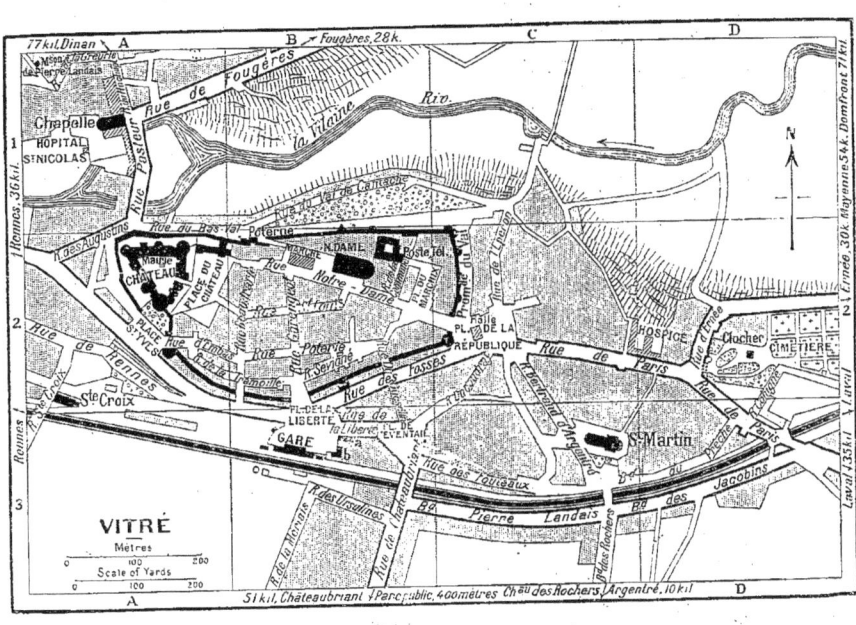

VITRÉ

Mètres
0   100   200
Scale of Yards
0   100   200

Le château vu de la route de Rennes.

VITRÉ

VITRÉ, ch.-l. d'arrond. d'Ille-et-Vilaine, ville de 8,154 hab., est bâti pittoresquement sur un coteau découpé en promontoire au-dessus de la rive g. de la Vilaine et portant, à son extrémité, un magnifique château féodal encore entier. A ce château se relie une enceinte de remparts qui subsiste encore en grande partie et circonscrit étroitement la ville ancienne; celle-ci, avec ses maisons à porche et à pignon, dont quelques-unes ont été construites dans ce style au XVII⁵ s., est une des villes de France qui ont le mieux conservé leur physionomie du moyen âge. La Renaissance y a également laissé de nombreuses marques.

Renseignements pratiques.

Hôtels : — *des Voyageurs*, pl. de la Gare (Pl. *a* B3; rep. 6 fr. 50, v. n. c.; 35 ch., 6 fr.; gar.; chauff.); *du Chêne-Vert*, pl. de la Gare (rep. 5 fr., ch. 5 fr.); *du Parc*, r. de Châteaubriant (rep. 5 fr., ch. 5 fr.).

Poste : — r. de la Commune, derrière l'église.

Taxis-autos : — *Guinard* et *Binard*, pl. de la Gare. — 20 fr., pour le château des Rochers. — *Marche au kilomètre* : 1 fr. 25 du k.

Syndicat d'initiative : — pl. de la Gare (maison Guignard).

Histoire.

Ancienne baronnie de Bretagne, Vitré eut, depuis le milieu du XIII⁵ s., les mêmes possesseurs que le comté de Laval : les maisons de Montfort, de Rieux, de Coligny et de la Trémoille. Comme toutes les villes closes, elle eut à soutenir plusieurs sièges. Vitré, où les Rieux, puis les Coligny avaient introduit le protestantisme, servit pendant la Ligue de place d'armes aux huguenots. Le duc de Mercœur, chef de la Ligue en Bretagne, essaya vainement de s'emparer de la place en 1589; l'armée du prince de Dombes, accourue au secours de la garnison, détermina les assaillants à se retirer après un siège de cinq mois. — Les États de Bretagne se réunirent plusieurs fois à Vitré de 1655 à 1706; la ville prenait alors un éclat inaccoutumé. On trouve de piquants détails sur la tenue des États, en 1674, dans les *Lettres* de Mme de Sévigné.

A Vitré sont nés : *Pierre Landais* qui, de « garde-robbier » du duc de Bretagne François II, devint ministre et favori de ce prince, puis finit par être pendu en 1485; son neveu, le cardinal *Guibé*, mort en 1513; *Bertrand d'Argentré* (1519-1590), jurisconsulte et historien de la Bretagne; *Arthur Lemoyne de la Borderie*, membre de l'Académie des inscriptions et belles-lettres, historien remarquable (1827-1901).

Enfin *Mme de Sévigné* habita, près de la ville, le château des Rochers qu'elle a rendu célèbre.

INDUSTRIE ET COMMERCE. — Fabrication de *tricots*. — Commerce de *toiles, cidre et grains*. — *Tanneries*. — *Métallurgie*.

VISITE DE LA VILLE

Devant la gare, bâtie dans le style gothique du xvᵉ s., s'étend la *place de la Liberté*.

En face de la gare on prend la *rue Garengeot*, qui croise bientôt la ***rue Poterie**, qui a des *maisons anciennes*, à étages saillants sur piliers (à son extrémité, à dr., curieux *carrefour*). Continuant la rue Garengeot on prendra, à g., près d'une maison Renaissance à fenêtre grillée, la *rue Saint-Louis* qui croise bientôt la **rue Baudrairie**, une des plus curieuses de Vitré avec ses antiques *maisons à pignon* (au nº 23, à g., maison avec bustes sculptés à la façade) et aboutit à la vaste esplanade qui s'étend devant le front E. du château, isolé par un profond fossé. Sur cette esplanade, ou *place du Château*, s'élève *le Poilu*, monument, par Jean Boucher, aux Morts de la Grande Guerre.

Le ***Château** (Pl. A2), *un des plus beaux spécimens bretons de l'architecture militaire du moyen âge*, est public les 1ᵉʳ et 3ᵉ dim. du mois et les jours de fêtes; les autres jours, entrée : 50 c. pour une pers., 25 c. pour chaque pers. en plus. Son plan général est triangulaire; il a été élevé à la fin du xiᵉ s., rebâti du xivᵉ au xvᵉ s. et restauré de nos jours.

Un pont-levis jeté sur le fossé précède la porte d'entrée qui s'ouvre sous *le Châtelet*, par un arc brisé avec consoles figurant des lions; elle est flanquée de deux tours rondes à mâchicoulis trilobés très élégants et à toitures d'ardoises coniques, et, à g., d'une troisième tour carrée, plus étroite au sommet qu'à la base.

A g. de ce groupe central qui renferme la *bibliothèque* de la ville (quelques manuscrits incunables), se dresse, à l'angle S., la *tour Saint-Laurent*, ou *Donjon*, anciennement habitée par le gouverneur du château; à dr., est la *tour des Archives*, au pied de laquelle le fossé ouvre une échappée sur la vallée de la Vilaine. De la tour g. du Châtelet partait un souterrain auj. bouché.

VISITE. — Passant sous la voûte du Châtelet (le concierge est à dr.), on se trouve dans la *cour intérieure* du château. Tout de suite à dr. on voit une porte en plein cintre roman, avec 2 arcatures formant niches et 6 colon-

Le château.

nettes noires, à demi enfoncées dans le sol; c'est la porte de l'*ancienne chapelle* du château du XIe s., et son seul reste.

A g. on a la face intérieure de la tour Saint-Laurent, puis, devant soi, attenantes au front S.-O., la *tour de l'Argenterie*, une autre *tour* reliée à la précédente par une galerie gothique moderne et ornée d'une élégante *absidiole* ou *loggia*, en encorbellement, délicatement sculptée, de la Renaissance, au bas de laquelle on lit cette inscription : POST TENEBRAS SPERO LUCEM (après les ténèbres j'espère la lumière).

A dr., dans la cour, un escalier extérieur accède au nouvel *hôtel de ville* (1913), reconstruit sur une galerie d'arcades gothiques modernes, et adossé au front N. qui domine la vallée; il est flanqué extérieurement de trois tours, une petite tour carrée au milieu et deux grosses tours rondes : la *tour de Montafilant*, couronnée de créneaux, et une tour moderne à toiture conique; enfin, tout à fait à dr., la *tour de la Madeleine* ou des *Archives* forme l'angle N.-E. de l'enceinte. — Au milieu de la cour est creusée une citerne profonde de 35 m.

Le **Musée**, qui renferme des objets d'art et d'archéologie, des peintures et des sculptures, est installé dans la tour Saint-Laurent.

SOUS-SOL. — Autel provenant de la collégiale de Champeaux (XVIe s.). — Sculptures modernes. — Moulages d'œuvres de *Léofanti*, artiste né à Rennes :

le Christ au tombeau; la Patrie en danger; le Clairon de Reischoffen. — Moulage du tombeau de St. Yves à Tréguier, par Valentin. — Un plâtre par Mérel. — Vitrine de biscuits de Sèvres et camées de la famille d'Orléans.

1er étage. — SALLE DES GARDES : tapisseries. — Sculptures sur bois provenant de maisons et de monuments de Vitré (xvie-xviiie s.). — Sculptures sur pierre : intéressants fragments du tombeau d'un baron de Vitré (xve s.); tête en relief trouvée au château de Vitré (fin xve s.); porte dite d'Adam et Ève (xvie s.), provenant de la maison no 23 de la rue Notre-Dame. — Coffres, dont un de 1638, servant de corbeilles de mariage. — Statues en terre cuite. — Vitrail du xvie s. — Vitrine avec fers de prisonniers, cadenas et chaînes provenant du château, etc.

Petite SALLE DES GUETTEURS, à g. de la fenêtre. Collection vitréenne : gravures de *David*; dessins de *Gaucherel*, *I. Rupin*, etc., aquarelles de *Simon*.

2e étage. — Gravures. — Peintures modernes de *Chaillou*, *Guillou*, *Deyrolle*, *Sevestre*, *Lucien Simon*, *Lottier*, *David*, etc. — *Sieffert*, l'Ombre de Clytemnestre et les Euménides; *Fougerat*, Vieil homme de Vitré. — Intéressante cheminée de la Renaissance (1583), provenant de la *maison des tisseurs de toile*, rue Poterie, auj. méconnaissable; elle est curieuse avec ses 2 piliers de bois sculpté et ses médaillons avec les bustes en relief de Lucas Royer, à g., tenant une bourse, et de Françoise Gouverneur, tenant des gants. Dans une vitrine, près de la fenêtre, moulage montrant le détail de petites sculptures.

3e étage. — Autre cheminée du château. — *Tapisseries.* — Étains. — Belles *faïences*, d'époques diverses. — Dans la vitrine, intéressante tête de Christ ancienne, en pierre peinte.

On passe de cette salle sur le *chemin de ronde* d'où le regard plonge à pic sur le pied des murailles par les ouvertures des mâchicoulis; vue magnifique sur Vitré et la campagne; un petit escalier amène à une SALLE supérieure, où sont des gravures et des vues et plans du château.

Redescendant au chemin de ronde, on gagne la tour de l'Argenterie, où est un *musée d'histoire naturelle*; au-dessus, un *musée d'armes*, et, au rez-de-chaussée, un *musée de botanique et de minéralogie*.

Sortant du château, on prend en face, à g., la *rue Notre-Dame* (pas d'écriteau), parallèle à la rue Saint-Louis; on arrive en quelques instants à une halle en fer et briques, construite sur l'emplacement de la *Colline aux draps*, brûlée vers 1882, et derrière laquelle se trouve Notre-Dame.

L'***église Notre-Dame**, beau monument du style gothique flamboyant (Pl. B2), autrefois prieuré de l'abbaye de Saint-Melaine à Rennes, date des xve et xvie s. Elle est comme hérissée de pignons et de pinacles à crochets et dominée au centre par un *clocher* moderne, de même style, dont la flèche ajourée s'élève à 62 m.

La *face latérale* S., à dr., est la plus remarquable par sa riche architecture, ses 8 pinacles encadrant 7 pignons triangulaires ajourés de fenêtres flamboyantes, ses fines statuettes et ses gargouilles sculptées. On y voit une 1re porte ogivale, à vantaux de bois sculptés (1689); plus loin est une *chaire extérieure* en pierre, charmant échantillon de l'art gothique de la fin du xve s.; puis vient une autre porte gothique avec bénitier sculpté.

La *façade principale*, à l'O., offre 3 pignons et 6 pinacles dentelés; au pignon central, sous une arcature surmontée d'une vaste fenêtre, s'ouvre une porte de la Renaissance (1578), en style néo-grec avec vantaux de 1586, et par laquelle on entre.

Intérieur. — La nef, le transept et le chœur sont couverts en charpente; les bas-côtés et les chapelles seuls sont voûtés. Le chœur est incliné vers la dr.

NEF. — La nef, séparée des bas-côtés par des piliers octogonaux, est couverte d'un berceau brisé en bois, avec frise et poutres ornementées. — A l'entrée, 2 jolis bénitiers en marbre blanc (1593); soubassement sculpté du buffet d'orgue (vers 1636).

BAS-CÔTÉ DR. — 1re travée : autel et retable de l'époque Louis XIII. — 2e travée : autel et retable avec peinture, des XVIIe et XVIIIe s. — 3e travée : magnifique *vitrail* de la Renaissance, Entrée de J.-C. à Jérusalem. — 4e travée : la Vierge et l'Enfant Jésus (XVIIe s.); à dr., charmante crédence. — 5e travée : tableau ancien représentant l'église de Vitré et son premier clocher, foudroyé en 1704. — 6e travée : près de la porte d'une petite sacristie, charmante niche gothique, au-dessous d'un balcon; à l'angle, groupe de personnages dit l'*arracheur de dents*.

CHŒUR. — Le maître-autel est placé à l'entrée de la croisée du transept, où 4 énormes piliers hexagonaux servent de base au clocher. — A la chapelle absidale, Descente de croix de l'époque Louis XIII, à g. de

Rue de la Poterie.

l'autel. — Dans la sacristie (s'adresser au bedeau; rémunération), intéressant *triptyque* de 1544, formé de 32 précieux *émaux de Limoges* avec, au revers, une curieuse inscription versifiée; il figure des scènes du Nouveau Testament, commençant au mariage de St Joachim avec Ste Anne, mère de la Vierge, et se terminant à l'Ascension.

BAS-CÔTÉ G. — Tombeau d'un curé de la paroisse. — Chapelle de Saint-Jean-Baptiste : devant d'autel fait de fragments provenant du même tombeau que ceux qui sont conservés au musée (XVe s.). — Chapelle de Saint-Sébastien, avec retable et peinture de l'époque Louis XIII. — Chapelle et retable avec l'archange St Michel. — Chapelle des fonts baptismaux et tombeau, avec statue couchée, d'un prêtre de Vitré, Pierre Hubert (1498).

Continuant à suivre, le long de l'église, la rue Notre-Dame, on y voit deux *maisons* de la Renaissance, dont la plus intéressante est l'*hôtel Hardy*, au n° 27, avec ses gargouilles en plomb, et, dans la cour, plusieurs portes, fenêtres et lucarnes ouvragées, avec charmants détails; l'autre, est au n° 16. — Puis on rencontre, à g., la petite *rue de la Commune* (à l'angle, tourelle Renaissance), qui conduirait au tribunal, à la sous-préfecture et à la poste, installée dans un ancien couvent de Bénédictins; à l'intérieur, *cour* carrée à arcades (entrée libre).

Au delà de la rue de la Commune, puis de la *place du Marchix*, qui s'ouvre à g., la rue Notre-Dame, où l'on voit, au n° 11, un ancien hôtel du xviiie s. au fond d'une cour, et, au n° 9, une *Pietà* dans une niche, débouche sur la vaste **place de la République** (Pl. C2), où s'élève la *Halle aux Grains* et qui s'étend en dehors des anciens remparts (à g., maison du xvie s.).

A dr., subsiste une vieille tour de l'enceinte; à g., est l'entrée de la promenade du Val, précédant des maisons anciennes revêtues d'ardoises.

Au fond de la place, en face, s'ouvre la *rue de Paris*, qui a des *maisons anciennes* : n°s 3, 5; n° 21, *maison Pichon*, avec sculptures au portail (1602); n° 26, *maison du Grand-Monarque*, avec un buste effrité de Louis XIV; n° 28, *maison Fuselier*, avec escalier Renaissance et tourelle, dans la cour.

La rue de Paris aboutit au cimetière, au milieu duquel se dresse un clocher, seul reste de l'ancienne église Saint-Martin.

A l'entrée de la rue de Paris, à dr., la *rue Bertrand-d'Argentré* mènerait à la nouvelle **église Saint-Martin**, vaste édifice moderne avec rond-point et déambulatoire, de style roman, mais avec voûtes d'ogives (*chapiteaux curieusement historiés*); flèche en pierre à la façade; à la croisée, coupole surmontée de la statue du saint.

A g. de la place de la République, on prend la *Promenade du Val*, qui descend le long des remparts.

Les **remparts**, détruits ou enclavés dans les constructions sur la face S. de la ville, sont bien conservés de ce côté (E. et N.), avec leurs sombres escarpements de pierre schisteuse et feuilletée.

On longe successivement à g. 3 tours rondes, puis une tour d'angle carrée, pour arriver à une allée perpendiculaire qui suit à g. le front N. des remparts et domine la jolie vallée de la Vilaine, aux nombreux lavoirs: à dr., petit belvédère, d'où la vue s'étend sur la vallée et la campagne boisée.

A l'extrémité de l'allée, on dépasse à g., en face d'une croix, une *porte-poterne* qui ramènerait en ville, et laissant un peu plus loin et du même côté une curieuse maison à balcon couvert, on descend vers le fond de la vallée par la pittoresque *rue du Bas-Val*, que domine à g. la masse imposante du château et de ses tours.

A dr. la *rue Pasteur* croise la rivière, sur laquelle se trouve, à dr., un lavoir pittoresque, et mène à l'*hôpital Saint-Nicolas* et à sa chapelle.

La **chapelle Saint-Nicolas** (Pl. A1), de la fin du xve s., présente extérieurement son chevet, beau pignon à crochets avec une grande fenêtre flamboyante dont les meneaux dessinent la forme de 2 mouchetures d'hermine. — On entre par le couloir qui la longe. Jolie porte en anse de panier.

INTÉRIEUR. — Berceau brisé en bois. — Curieux *maître-autel* en bois sculpté et doré (1712), avec statuettes et petites niches garnies de glaces. — Au-dessus, 2 grandes statues de bois : à g., St Nicolas et les trois enfants; à dr., St Augustin (1712). — A dr. du maître-autel, *vitrail* de la Renaissance; à g., fenêtres grillagées permettant aux religieuses d'assister aux offices. — *Tombeau* avec statue couchée, dans un bel enfeu gothique, aux fines sculptures, du chanoine *Robert de Grasménil*, fondateur de la chapelle († 1500). — 2 tableaux : Jésus et l'Aveugle; Jésus et le Paralytique.

On peut monter, en face de la chapelle Saint-Nicolas, par la *route de Fougères* (à l'angle, statuette ancienne d'évêque), sur le coteau qui fait face à Vitré et d'où l'on a une belle vue d'ensemble de la ville.

Si l'on gravit la *rue du Rachapt*, bordée de vieilles maisons et qui longe les bâtiments de l'hôpital au delà de la chapelle, on peut, par la *rue de la Greurie* (1re à g.), aller voir la *maison*, dite de *Pierre Landais*, qui a un petit portail de 1634.

De la chapelle Saint-Nicolas, revenant sur ses pas jusqu'au pied du château, on remonte à dr. par la *rue des Augustins*, et, contournant tout le fier éperon du château, on arrive à la *place Saint-Yves* (Pl. A2), où subsistent — à l'entrée de la *rue d'Embas*, où l'on peut voir, aux nos 30 et 20, de curieuses maisons — une *tour* isolée et un petit reste des *remparts*. Un boulevard planté d'arbres ramène vers la gare.

De la place Saint-Yves on peut, en montant quelques marches et en prenant à dr. la *rue de Rennes*, puis 50 m. plus loin, à g., la *rue Sainte-Croix*, aller voir l'église **Sainte-Croix** (Pl. A2), reconstruite au début du xixe s., en style grec.

A l'intérieur : au bas de la nef, grand tableau du Ravissement de St François d'Assise, de *Lefebvre* (1838); chemin de croix de l'époque de la Restauration; maître-autel en bois sculpté et doré, orné de glaces, du même style que celui de la chapelle Saint-Nicolas, et grand retable.

On peut encore aller voir, de l'autre côté du ch. de fer, par la *rue de Châteaubriant*, le *Parc public*, bordé à l'opposé par la route des Rochers, ancienne dépendance du *Château-Marie*, construit au xviie s.; magnifiquement entretenu d'arbres et de fleurs, il est orné, au bord de la grande pièce d'eau, de la *statue de Mme de Sévigné*, en marbre blanc, par Dolivet (1911).

Château des Rochers.

Environs de Vitré.

A 3 k. env. S.-O., près du hameau du *Gué de Prunelles*, menhir de *la Pierre-Blanche*, haut de 4 m.

1° Château des Rochers (6 k. S.-E.; en voiture ou auto, 20 fr.; — on pourrait également s'y rendre par la station d'Argentré-du-Plessis, sur la ligne de Vitré à Châteaubriant, qui est à 4 k. S.-O. des Rochers; — *excursion classique et très recommandée*).

On sort de Vitré par la *place de l'Éventail*, la *rue de Châteaubriant*, qui passe au-dessus du ch. de fer, puis, à g., par le *boulevard Pierre-Landais*, qui amène au *boulevard des Rochers* (route d'Argentré), que l'on suit vers la dr. et qui passe derrière la *parc public* (*V.* ci-dessus; la statue de Mme de Sévigné est à l'opposé, du côté de la route de Châteaubriant).

La route parcourt ensuite une jolie campagne verdoyante. — 2 k. A g., petite *chapelle de Saint-Étienne*, abandonnée, derniers vestiges d'une léproserie. — 4 k. On longe à g. le grand parc du château des Rochers, planté de châtaigniers, hêtres et sapins. Une route qui bifurque à g. de la route d'Argentré, presque parallèle au début, longe bientôt le mur des jardins.

6 k. **Château des Rochers*. — On arrive dans la cour-jardin du château, d'où l'on a une belle vue sur la vallée d'une des branches de la Vilaine. On trouve à dr. le concierge chargé de conduire les visiteurs (pourboire).

Le château des Rochers, construit au XIVe s., remanié en partie au XVIIe, puis au XVIIIe s., est à peu de chose près demeuré semblable extérieurement à ce qu'il était au temps de Mme de Sévigné. Elle y séjourna neuf fois, de 1654 à 1690, et a daté, soit de cette résidence, soit de Vitré, 267 de ses lettres. A la mort de Pauline de Grignan, marquise de Simiane, petite-fille de Mme de Sévigné, les Rochers passèrent en 1714, par reprise de dot, à la famille des Nétumières, alliée aux Sévigné, qui possède encore le château. Les terres qui en dépendent n'ont pas été non plus morcelées et les mêmes fermiers les cultivent de père en fils.

A dr. de la cour-jardin se voient les Communs, élevés au XVIIIᵉ s.; — dans le fond à g., le château, d'aspect pittoresque avec ses toits d'ardoise argentée, se compose de deux ailes en retour d'équerre avec une tourelle dans l'angle. A g., une grille de fer forgé, donnant accès dans le jardin français, relie le château à la *chapelle*, rotonde octogonale avec dôme et campanile, construite en 1671 par l'abbé de Coulanges, oncle de Mme de Sévigné; à l'intérieur : sur l'autel, Annonciation, peinte par ordre de la marquise et marquée aux armes de Bussy-Rabutin-Sévigné; lustre de cuivre, en forme de fleur de lis; fauteuils et prie-Dieu; bénitier de marbre.

Dans le château, on ne visite que la *chambre* dite *de Mme de Sévigné*, qui s'ouvre au rez-de-chaussée d'une grosse tour ronde drapée de lierre, du côté du jardin français. C'était, du temps de Mme de Sévigné, le *cabinet Vert*; on y a réuni quelques portraits de famille et divers meubles et objets ayant appartenu à la marquise : une table-bureau avec divers accessoires, une toilette garnie de boîtes à poudre, boîtes à mouches, pots à eau, des fauteuils, un bahut, une chaise longue, etc. Une vitrine renferme des autographes, entre autres le livre de compte du jardinier, arrêté et signé par Mme de Sévigné; au-dessus, son portrait, attribué à Mignard. Le lit à baldaquin porte un couvre-lit brodé, œuvre de Mme de Grignan, sa fille; la cheminée, du XVIᵉ s., est décorée des armoiries de la marquise. Les peintures murales sont modernes.

Le *jardin français* a été dessiné par Le Nôtre : allées de tilleuls, parterres, caisses d'orangers et de citronniers contemporains de la marquise. 4 beaux cèdres y ont été plantés en 1806. Un cadran solaire, sur une colonnette, porte cette inscription qu'y fit mettre Mme de Sévigné : ULTIMAM TIME (crains la dernière). A l'extrémité du jardin, à g., est une terrasse d'où l'on voit le clocher de l'église d'Etrelles, où, avant la construction de la chapelle, la maîtresse du logis se rendait à la messe; enfin terminant la grande allée, un mur en hémicycle produit un écho double, qui est, disait la marquise : « un petit rediseur de mots jusque dans l'oreille ». Deux pierres placées sur le sol indiquent la place où doivent se mettre les deux personnes qui parlent.

Derrière le jardin français s'étend le *grand parc*; à défaut des mêmes arbres, les mêmes allées subsistent, avec les mêmes noms : l'allée du Mail, les allées de la Solitaire et de l'Infini, l'Humeur de ma mère et l'Humeur de ma fille. Au bout de l'allée du Mail est un kiosque, dit la Capucine, où Mme de Sévigné aimait à aller rêver.

On peut, en quittant le château, prolonger sa promenade par la route d'Argentré, jusqu'à la vallée de la branche de la Vilaine, que l'on passe (1 k.) au *moulin des Bas-Rochers*. — De là (3 k.) on peut gagner, en face de soi, *Argentré* et le *château du Plessis*, puis, si l'on est venu à pied, reprendre le train à la station. Pour gagner le château du Plessis, ancien manoir du XVᵉ s., à toits d'ardoises, remanié au XVIIᵉ s., et restauré après 1870, qu'on ne visite pas, il faut aller jusqu'au bourg; pour gagner le ch. de fer, tourner au contraire vers la dr., un peu avant.

2° Eglise de Champeaux (*œuvres d'art remarquables*; route 9 k. O.). — On sort de Vitré par la place Saint-Yves et la route de Brest, qui longe le ch. de fer de Fougères et traverse la Vilaine. — 2 k. On quitte la route de Brest, pour tourner à dr. — 6 k. On traverse le ch. de fer de Fougères, puis la vallée de la Cantache.

9 k. *Champeaux*. L'*église, très simple, couverte en charpente, est, dans son ensemble, du style gothique; elle fut fondée par la famille d'Espinay, dont elle reçut les tombeaux. Grande fenêtre flamboyante avec magnifique *vitrail de la Renaissance (1520), figurant le Crucifiement. Dans l'église, divers autres vitraux de même époque, intacts ou incomplets. A l'entrée du chœur, *stalles* sculptées à baldaquin (1530-1535), de la Renaissance, en double rangée

(curieuses sculptures des sièges). A g. du maître-autel, adossé au mur, *mausolée de Guy d'Espinay*, œuvre importante de la Renaissance (1551-1553), à 2 étages, en pierre blanche et en marbre rouge et noir. On y voit les 2 statues couchées, entièrement nues, de Guy III d'Espinay et de sa femme Goulaine. Ce mausolée est connu dans la région sous le nom de la « chambre nuptiale » et les couples ont encore coutume d'y venir en visite, le jour de leur mariage. Dans la chapelle qui est à g. de l'autel, *tombeau de Claude d'Espinay*, fille des précédents et morte à 20 ans, de même époque, en forme de pyramide. A dr. de l'autel, dans une chapelle ajoutée à l'édifice primitif et servant de sacristie (on y entre par une porte sculptée, de la Renaissance; la clef est au presbytère), très beau *vitrail* de la Renaissance (le Sacrifice d'Abraham) et charmant *tableau* (1712) de Marie-Madeleine.

A 4 k. N. de Champeaux, bourg d'*Izé*, voisin (1 k. N.) du *château* du même nom, du gothique flamboyant, restauré, et de la vaste *lande d'Izé*.

De Champeaux, pour rentrer à Vitré, on reprend vers la g. (2 k. en plus; *pittoresque et recommandé*) une route qui passe devant la petite *chapelle Saint-Joseph* et longe le *château de l'Espinay*, des styles gothiques (xive s.) et Renaissance (xvie s. restauré) : la porte de la tourelle est décorée de sculptures et de blasons. Il est entouré d'ombrages et précédé d'un étang que la route longe ensuite à dr., dans un beau paysage. — De l'autre côté de l'étang, dans une lande, on trouverait (10 min. env.) le *menhir de la Haute-Pierre*, haut de 4 m. — La route vient ensuite retrouver, dans la vallée de la Cantache, la route de Paris-Brest, que l'on prend vers la g.

Château de Fougères, façade ouest.

FOUGÈRES

FOUGÈRES, ch.-l. d'arrond. d'Ille-et-Vilaine, ville de 21,167 hab., est bâti, à 136 m. d'alt., sur une colline découpée en promontoire au-dessus du vallon du Nançon, affluent du Couesnon, et qui commande un immense horizon de campagnes boisées à l'O. et au S. Du côté du vallon on découvre sous un aspect des plus pittoresques la vieille ville, encore ceinte d'une partie de ses remparts, dont les débris s'enchevêtrent à l'entassement des maisons aux toits d'ardoise, que dominent le Beffroi et l'église Saint-Léonard. Et à ses pieds, dans un cirque de verdure et de coteaux rocheux, l'ancien château féodal, qu'avoisine l'église Saint-Sulpice, offre encore un des plus vastes ensembles d'architecture militaire qui subsistent en France.

Sur les pentes Est de la colline qui descendent vers la gare, la ville, qui doit une récente et rapide extension à son essor industriel, s'est agrandie de vastes quartiers modernes et sans intérêt pour le touriste.

Renseignements pratiques.

Hôtels : — *des Voyageurs* (Pl. *a* C2), pl. Gambetta, т.с.ғ. (pens. dep. 23 fr.); *Moderne* (Pl. *c* C2), r. du Tribunal (pens. dep. 21 fr. 50); *de l'Ouest* (Pl. *b* D3), r. du Maine (pens. dep. 18 fr. 50); *de la Boule-d'Or*, bd de la Gare (pens. dep. 18 fr. 50); *de la Gare*, pl. de la République (pens. dep. 18 fr. 50); *Guillaume*, r. des Prés, 4 (pens. dep. 18 fr. 50).

Restaurants : — *buffet de la Gare* (déj. ou dîn. 4 fr. et 5 fr. 50); *Genouel*,

r. du Marché, 9 (déj. 4 fr., dîn. 3 fr. 75).
Loueurs d'autos : — *Coquemont* pl. d'Armes; *Genty*, r. de l'Hospice; *Hodmont*, r. de Bonabry; *Roussel*, bd de la Gare; *Vérot*, pl. de la République. — Prix approximatif : le k. 1 fr. 15, l'heure d'arrêt 4 fr.
Garages : — *Fontaine*, r. du Maine; *Hodmont*, r. de Bonabry; *Louvel*, pl. d'Armes; *Poirier fils*, r. Pasteur; *Roussel*, bd de la Gare; *Vérot*, pl. de la République.

Voitures : — *Coquemont*, pl. d'Armes.
Poste : — r. de Pommereul, près de l'église Saint-Léonard.
Produits photographiques : — *Bertrand*, r. Nationale; *Deshayes*, r. du Tribunal; *Desrues*, bd de la Gare; *Magasins Modernes*, r. Porte-Roger.
Syndicat d'initiative : — bureau, bd de la Gare, 7, ouv. toute l'année de 9 h. à 19 h. (renseignements gratuits de toute nature). Président : M. Albert Durand, r. de la Forêt, 56.

Histoire.

Fougères, l'une des neuf grandes baronnies de Bretagne, doit son origine à un château construit au xi⁰ s. par un seigneur nommé Méen, ou par son fils Alfred, d'une famille qui paraît tirer son origine des grandes maisons de Rennes et de Mayenne. Un de leurs successeurs, Raoul II, vit son château pris d'assaut et rasé par le roi d'Angleterre Henri II, en l'an 1166. Ce fut également lui qui entreprit la reconstruction du château. Fougères passa, par le mariage de Jeanne de Fougères, en 1256, aux Lusignan, comtes de la Marche et d'Angoulême auxquels elle fut confisquée par Philippe le Bel, en 1307. Les rois en investirent successivement plusieurs princes de la maison royale, et elle finit par rester aux mains des princes de la maison d'Alençon, qui la revendirent au duc de Bretagne Jean V, en l'an 1428.

Réunie ainsi au duché, la baronnie de Fougères continua à en faire partie intégrante jusqu'au mariage de Claude, fille de Louis XII et de la reine Anne, avec François d'Angoulême, depuis François Iᵉʳ. René de Montéjean, Jehan de Laval, sire de Châteaubriand, Claude de Clermont et Diane de Poitiers, reçurent successivement l'usufruit viager de la baronnie de Fougères qui, en 1566, après la mort de Diane, revint à la Couronne. Louis XV l'aliéna à titre d'engagement une dernière fois en faveur du duc de Penthièvre, qui la posséda jusqu'à la Révolution.

Après le siège de 1166, Fougères eut à soutenir de nouvelles attaques. Les Français, sous les ordres de Duguesclin, s'en emparèrent en 1372. En 1449, le château de Fougères fut surpris par François de Surienne, aventurier aragonais au service de l'Angleterre, et repris par le duc François Iᵉʳ, après un siège de deux mois.

Sous le duc François II, ce prince ayant donné retraite dans ses Etats au duc d'Orléans, depuis roi sous le nom de Louis XII, Charles VIII fit entrer en Bretagne une armée sous le commandement de la Trémoille, qui se présenta devant Fougères le 12 juillet 1488; le 19, la garnison dut capituler.

Le protestantisme fit peu de partisans à Fougères, que le duc de Mercœur occupa pendant toute la durée de la Ligue. En 1653, les Etats de la province se tinrent dans cette ville, dont six incendies détruisirent, au xviiiᵉ s., la plupart des maisons de bois situées dans les hauts quartiers.

En 1792, la conspiration de la Rouërie, à laquelle étaient affiliés plusieurs habitants notables de Fougères, s'y termina par l'exécution de treize conjurés. Le 19 mars 1793, 8,000 paysans insurgés attaquèrent Fougères et furent repoussés par la Garde Nationale; mais, le 3 novembre de la même année, la ville fut emportée par l'armée vendéenne, qui y resta une semaine avant de marcher sur Granville, et y rentra le 22 battant en retraite sur Laval et Angers. Après ces événements la ville fut mise en état de siège, et cet état se prolongea pendant cinq ans, c'est-à-dire jusqu'à l'extinction de la chouannerie.

A Fougères sont nés : — le poète *Le Pays* (1634-1690), maltraité par Boileau; l'intrépide marin *Urbain du Bouëxic de Guichen* (1712-1790); le général

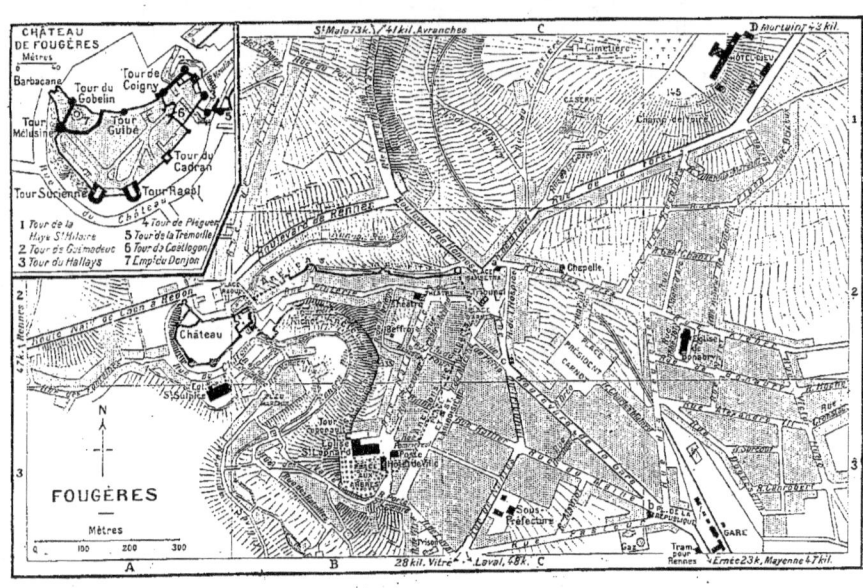

d'artillerie *de Pommereul* (1745-1823); le général *Baston de Lariboisière*, commandant en chef de l'artillerie de la Grande Armée, mort à Kœnigsberg en 1812, et son fils, dont la veuve a légué à la ville de Paris les 3 millions au moyen desquels a été fondé l'hospice de ce nom; *La Rouërie*; *Aimé du Boisguy*, etc.

Industrie.

La grande industrie de Fougères est celle de la *chaussure*, notamment la chaussure de femme (plus de 100 fabriques), qui occupe un grand nombre d'ouvriers et d'ouvrières. Il faut citer en outre les grandes *verreries de Laignelet* (vis. à toute heure), à k. N. de la ville, à l'entrée de la forêt; la Cristallerie Fougeraise, près de la gare (vis. après 16 h.); l'industrie des sabotiers, dans la forêt; et, aux environs, d'importantes *carrières de granit*.

VISITE DE LA VILLE

De la gare, après avoir remarqué le *château de la Chesnardière*, récemment restauré, on monte, par le *boulevard de la Gare*, puis la *rue du Tribunal*, à travers les nouveaux quartiers; le trajet est assez long et sans intérêt; on fera bien de prendre un omnibus d'hôtel. Le seul monument à signaler dans cette partie moderne de la ville est *l'église Notre-Dame de Bonabry* (Pl. D2), édifice à coupoles dans le style romano-byzantin et encore inachevé.

La rue du Tribunal aboutit au carrefour où s'élève le *palais de justice* (Pl. C2), ancien hôtel de la Bélinaye (1738) et qui forme le point central de la ville entre la *place d'Armes* à g., où s'élève un monument, œuvre du sculpteur Beaufils, à la mémoire d'env. 750 Fougerais morts pendant la Grande Guerre, et la *place Gambetta* à dr.

Pour aller au château, si l'on est en voiture ou en auto, on prendra, au fond de la place Gambetta, le *boulevard de Rennes*, qui descend en remblai dans le vallon du Nançon sous une belle voûte d'ombrages, et qui offre à g. une vue pittoresque sur le front de la vieille ville avec ses débris de remparts. Au bas de l'avenue, on tourne à g. et l'on atteint la *place Raoul-II*, que domine au fond la muraille d'enceinte du château.

Si l'on est à pied, il vaut mieux suivre, à g. du tribunal, la *rue Porte-Roger* et gagner la *place du Théâtre*, où s'élève l'élégant théâtre moderne, pour descendre de là directement à l'entrée du château par la vieille *rue escarpée de la Pinterie* où subsistent encore quelques vieilles maisons pittoresques du xvie s. sur piliers de pierre ou de bois. Un peu plus bas la belle *tour Nichot* (mon. hist.) appartenait aux remparts.

Le **château de Fougères** (Pl. A2; mon. hist.), imposant et magnifique ensemble de constructions féodales du xiie au xve s., offre encore une vaste enceinte complète, dont les puissantes courtines, couronnées d'un chemin de ronde, sont flanquées de 10 tours. Il fut bâti dans la vallée, au-dessous de la ville, où un rocher isolé entre la rivière et des marécages offrait une assiette naturellement très forte, pour les moyens d'attaque de l'époque.

Plus tard, après l'invention de l'artillerie, le château, dominé de toute part, perdit du fait de son site toute valeur militaire.

L'entrée s'ouvre à l'E, du côté de la ville et en face de la rue de la Pinterie, dans un front assez étroit qui est au niveau même de la rivière; de là l'enceinte va s'élargissant vers l'O., en même

Château de Fougères, courtine nord.

temps qu'elle s'élève sur le rocher, si bien que du côté opposé ses murailles, décrivant une ample courbe, couronnent un escarpement à pic d'une vingtaine de mètres.

VISITE (s'adresser à la maison du gardien, à l'entrée du pont à g.; rémunération). — On accède à l'entrée par un petit pont jeté sur le Nançon qui longe, de ce côté, les murailles et tombe en cascades à g. dans un profond fossé où des eaux font tourner les 5 vieilles roues moussues du moulin seigneurial (très pittoresque). Un bastion, situé sur le pont de Rennes, en face de la tour de Guémadeuc, contribuait à défendre l'entrée de ce pont. La porte est percée sous la *tour de la Haye Saint-Hilaire*, œuvre du célèbre baron Raoul II de Fougères, carrée, de la fin du XIIe s., ainsi que les deux tours rondes voisines : la *tour de Guémadeuc* à dr., la *tour du Hallay* à g.; toutes les trois ont été récemment restaurées. On pénètre dans une première cour, ou baille extérieure, que fermait au fond une deuxième enceinte, auj. ruinée, également précédée d'un profond fossé où coule un bras du Nançon et percée d'une porte que dominait la *tour de Coëtlogon*; à dr. s'élève la tour de Coigny. Traversant la deuxième enceinte par une arcade ruinée, on pénètre dans l'intérieur de la forteresse proprement dite offrant dans la ceinture de ses murailles un pittoresque enclos gazonné, étagé en terrasses et envahi par

les arbres et les buissons. C'est dans cette cour intérieure, à g., que 's'élevaient les bâtiments d'habitation qui ne furent entièrement détruits qu'au
milieu du XIXᵉ s.

On fait le tour de l'enceinte en suivant le chemin de ronde qui a été rétabli.
Commençant par la g., on rencontre d'abord la *tour du Cadran* (XIIᵉ s.;
carrée), puis la **tour Raoul** et la **tour Surienne**, demi-circulaires l'une et l'autre.
Ces 2 tours portent le cachet de la fin du XVᵉ s. (1480).

La tour Surienne, ainsi appelée du nom de l'aventurier aragonais qui
commandait les Anglais en 1449 (p. 44), renferme, au 1ᵉʳ étage, un musée
de chaussures (babouches, patins, sabots, bottes, pantoufles du Tonkin en
forme d'oiseaux) et, au 2ᵉ, une salle de sculpture; au sommet de la tour se
trouve une plate-forme, d'où l'on a une belle vue sur l'église Saint-Sulpice,
en bas de la muraille, et sur l'église Saint-Léonard, au faîte de la colline
de Fougères.

La **tour Mélusine** (XIIIᵉ-XIVᵉ s.) vient ensuite. Elle fut bâtie par Hugues de
Lusignan et ainsi nommée en l'honneur de la fée Mélusine, dont sa famille
prétendait descendre. Elle a 4 étages et renferme un autre *musée* : 1ᵉʳ étage :
projets pour la statue de Lariboisière, meubles anciens, boulets en pierre,
sarcophage gallo-romain; 2ᵉ étage : tableaux et gravures; 3ᵉ étage : médailles,
émaux et camées, collections de crucifix, etc.; 4ᵉ étage : faïences. Du sommet
de la tour (63 m. à pic), *vue admirable* sur le vieux Fougères et sur la campagne
environnante.

Entre la tour Mélusine et la tour suivante, dite *tour du Gobelin* (XIIIᵉ s.),
autre nom tiré de la légende, on voit au-dessous de soi l'ancienne poterne,
précédée d'une barbacane ou petite cour extérieure et qui s'ouvre maintenant sur le vide. Enfin, la petite *tour Guibé* (fin du XIIIᵉ s.) est réunie par une
muraille crénelée à la puissante *tour de Coigny* que l'on a aperçue en arrivant.
Réparée au XVIIIᵉ s. par le gouverneur de ce nom, elle a sur son sommet
une chapelle que précède un petit porche à colonnes.

En sortant du château il ne faut pas manquer d'en faire le tour
extérieur : traversant la place Raoul-II, on suivra à g. la route de
Rennes, puis la rue du Château pour aller passer sous la poterne
de l'Ouest, qui surplombe la route avec ses deux tourelles; de ce
côté les tours Mélusine et du Gobelin se présentent sous un formidable aspect au sommet de l'escarpement rocheux. Puis on
débouche sur le front S. où font saillie les tours Surienne et
Raoul; en face, s'élève Saint-Sulpice.

L'**église Saint-Sulpice** (mon. hist.; Pl. A3) fut construite à
partir de 1410 dans le style flamboyant (curieuses gargouilles
sculptées); la nef ne fut terminée qu'en 1490. Le chœur, commencé au XVIᵉ s., n'a été achevé qu'au XVIIIᵉ s. La tour qui flanque
le pignon O. est surmontée d'une *flèche* aiguë, en ardoises et fortement inclinée. Devant l'église, pierres tombales des XVIᵉ et XVIIᵉ s.

INTÉRIEUR. — Entrant par la porte latérale qui fait face au château, on
se trouve dans le bas-côté g. où s'ouvre la *chapelle de N.-D. des Marais*
(moderne) qui fait saillie à l'extérieur. La statue de N.-D., qui se trouvait dans
la chapelle du château, détruite par les Anglais en 1166, fut retrouvée à la
fin du XIIIᵉ s. au lieu qu'elle occupe auj. — En haut du bas-côté g. et du
bas-côté dr., 2 autels avec *retables* sculptés dans le granit de la muraille;
on remarque dans celui de dr. les trois Croix du calvaire et les instruments
de la Passion, ainsi qu'un encadrement en accolade formé de pampres,
maladroitement peint et doré. — Chœur avec boiseries de chêne Louis XV
et voûte en berceau décorée d'ornements peints. — Maître-autel avec beau
tabernacle en bois sculpté et doré, de l'époque Louis XIV. — Derrière le
maître-autel, bonnes peintures du XVIIIᵉ s. représentant l'Assomption et,

La porte Notre-Dame.

au-dessous, le Sacrifice d'Abraham. — Vitraux modernes : le 1er à dr. représente la découverte de la statue de N.-D. des Marais. A la grande fenêtre de la chapelle du Rosaire, vitrail de Claudius Lavergne.

Une courtine, percée d'une porte d'eau par où le Nançon s'écoule en bouillonnant, relie le front S. du château à la belle **porte Notre-Dame** (fin du xve s.), percée entre deux grosses tours à mâchicoulis, la *tour de Pléguen*, à g., et la *tour de la Trémoille* à dr. Cette tour de la Trémoille, ainsi que les tours de Plesguin, *Nichol*,

Un coin de la place aux Arbres.

du *Papegault* (découronnée ; Balzac en fait mention dans *les Chouans*), de *Montfromery* (découronnée), *Desnos* (à mâchicoulis ; récemment encastrée dans deux bâtiments d'usine) et la tour *Cardinale* (dont la base seule révèle l'emplacement) sont les restes de l'ancienne enceinte de la ville qui, de là, gravissait la pente de la colline parallèlement à la Pinterie pour aller se rattacher au front de la ville haute. En passant sous la porte on monterait, par la courte *rue de la Fourchette*, rejoindre la rue de la Pinterie. Il vaut mieux prendre, à dr. et en dehors de la porte, la *rue du Fos-Kéralie*, d'où l'on découvre une vue très pittoresque sur la ville et les parties les mieux conservées des *remparts*.

A dr., la *rue du Nançon* amène à la *place du Marchix*, d'où l'on remontera vers la ville par la *rue des Tanneurs* et la *rue des Vallées*. On aboutit ainsi directement au **Jardin public** (Pl. B3) ou *place aux Arbres* (kiosque de concert ; Enfant jouant avec une panthère, marbre), que domine l'église Saint-Léonard et qui s'étend en terrasse au-dessus de la vallée du Nançon ; de cette terrasse, on découvre une **vue admirable* sur un immense horizon boisé, sur la vallée du Couesnon, et, plus près, sur le cirque du Nançon, où l'on voit l'église Saint-Sulpice et le château sous un excellent aspect d'ensemble.

On sort du jardin par une grille qui s'ouvre du côté de l'*hôtel de ville*, pittoresque petit bâtiment du xive s., restauré au xvie s., en granit, et où l'on verra la Salle voûtée (xiie s.), la salle des fêtes aux monumentales cheminées et la façade ornée de fines sculptures (xvie s.).

L'***église Saint-Léonard** (Pl. B3) se compose de trois nefs harmonieuses de la fin de l'époque gothique (1407-1444), remaniées en 1586, et précédées d'une riche façade moderne de style flamboyant que flanque une *tour* de 1637 (curieuses gargouilles en forme de canons). Les nefs latérales offrent extérieurement de grandes fenêtres flamboyantes surmontées de pignons à crochets, avec gargouilles.

INTÉRIEUR. — Sous le porche : dans la chapelle de dr. (xie ou xiie s.), Résurrection de Lazare, peinte par *Devéria*; dans la chapelle de g., Assomption par le même, et *monument* aux morts de 1870-71, par *Colombo*. — Dans l'église, riche maître-autel; 4 autres tableaux de *Devéria* : Résurrection, Descente de croix, Jésus au milieu des Docteurs, Adoration des Mages; dans la chapelle de la Retraite, un autre tableau du même auteur. Tous ces tableaux ont été restaurés récemment. Dans le 1er vitrail de dr. et de g., débris de belles *verrières* anciennes; les autres fenêtres ont de grandes verrières modernes représentant des scènes historiques.

En face de l'église, on descendra par la *rue de Pommereul*, où se trouvent à dr. la poste et une bibliothèque de 15,000 vol. dans le même bâtiment, à g. la Caserne dans un ancien couvent d'Augustines, de 1736. On atteint la vaste *place Lariboisière* où se dresse la *statue du général Lariboisière*, en bronze, par Récipon. — En face de la statue, la *rue Rallier*, suivie de la *rue du Maine*, ramènerait en droite ligne à la gare.

De Saint-Léonard, si l'on veut regagner le centre de la ville et la place d'Armes, on suivra la *rue Nationale*, la plus belle de la ville, où subsiste seulement une maison en saillie sur des piliers. Derrière le Marché couvert dans la petite *rue de l'Horloge*, au n° 8, se voit la *tour du beffroi*, octogonale, où est le timbre de l'horloge, fondu en 1397.

Le *Couvent des Récollets* est de 1607 (chapelle de 1622); — le *Collège* occupe l'ancien couvent des Ursulines (1609); — une *Institution de Sourds-muets* s'élève sur l'emplacement de l'abbaye de Rillé, fondée au xiie s.

Environs de Fougères.

1° Le Chatelier (route de 9 k. N.-O.; on peut utiliser le ch. de fer de Fougères à Caen jusqu'à la halte de *Parigné*, qui est à 3 k. N.-E. du Chatelier, ou le ch. de fer de Fougères à Pontorson jusqu'à la station de *Saint-Germain-en-Coglès* qui est à 3 k. 5 S.-O.).

La route passe à (2 k.) *Lécousse*, dont le cimetière a une croix du XVIᵉ s., et à (7 k. 5) *Saint-Germain-en-Coglès*: près du Rocher-Jacault, 2 galeries couvertes; pierre à légende dans le bois des Couardes, qui dépend du vieux manoir de Marigny.

Le Chatelier est un village situé à 136 m. d'alt., sur une hauteur; du clocher on découvre, par temps clair, le Mont-Saint-Michel (42 k. à vol d'oiseau) et un *admirable panorama*.

2° Forêt de Fougères. — A 3 k. N.-E. de la ville, commence la *forêt de Fougères*, domaniale (1,660 hect.), composée principalement de hêtres en magnifiques futaies.

Le bois de hêtre est utilisé sur place par toute une curieuse population de sabotiers qui vit dans des huttes pittoresques. On s'y rend par la rue de la Forêt, puis par l'avenue des Cotterets, qui est formée par la grande route de Mortain; celle-ci longe, à l'entrée de la forêt, la grande *verrerie de Laignelet*, puis traverse tout le massif par le milieu.

Dans la partie E. de cette forêt, entre la route de Mortain et l'allée des Hauts-Vents, est un dolmen à demi renversé, dit la *Pierre du Trésor*. Du même côté, près de *Saint-Francois*, ancien couvent de Cordeliers avec chapelle gothique, on peut voir, sur plus de 300 m. de longueur, un *alignement* de 80 blocs de quartz, dont le plus haut ne dépasse pas 2 m.; c'est ce que les habitants du pays appellent le *Cordon des Druides*. A peu de distance de l'alignement sont de curieux retranchements en terre, dits les *vieux châteaux*, d'origine très ancienne, peut-être préhistorique.

A la lisière N. de la forêt, la route de Mortain traverse le village de *Landéan* (8 k. N. de Fougères).

Avant de sortir de la forêt, à 1 k. env. du village, on peut visiter, au bord de l'avenue de Clairdouet, à 50 m. env. de la route, les *celliers de Landéan* (mon. hist.), large souterrain voûté en berceau sur arcs-doubleaux et construits, dit-on, en 1173, par Raoul II de Fougères, pour soustraire ses richesses et celles de ses vassaux à la rapacité des troupes brabançonnes de Henri II d'Angleterre. Près des celliers et de l'avenue de Clairdouet est un dolmen désigné sous le nom du *Monument*, de *Pierre Courcoulée* ou de *Pierre des Huguenots*.

Sur les bords du Nançon, qui délimite la forêt à l'O., existent deux mottes féodales, la *butte Maheu* et, auprès, la *butte au Renard*. Importante exploitation de carrières de granit, que l'on peut visiter. Au rocher de *Pierrelé*, cromlech et monument mégalithique de la *Chaire-au-Diable*. Nombreuses pierres à bassins, notamment celles dites *Roche-Saint-Guillaume* et celles de *la Fresnaye*.

De Landéan, une route conduit à (9 k. N.-E.) *Pontmain* (*V.* ci-après).

3° Pontmain. — *A.* PAR LA ROUTE : 17 k., par la forêt de Fougères et (8 k.) *Landéan* (*V.* ci-dessus, 2°).

B. PAR LE CHEMIN DE FER : réseau État 23 k. jusqu'à Ernée; ch. de fer départemental 20 k. d'Ernée à Pontmain. — On suit la ligne de Vitré jusqu'à (5 k.) *la Selle-en-Luitré*. — 14 k. *Saint-Pierre-des-Landes*.

23 k. *Ernée* (hôt. *de la Poste*, T.C.F.), ch.-l. de c. de 4,841 hab., sur la rivière du même nom, se trouve à 2 k. de la station (omn.). La ville est pittoresquement située au bord de la rivière, dans une jolie vallée de prairies qu'ombragent de hautes futaies de hêtres. Elle doit son origine à un château dont l'emplacement est occupé par l'*église*, consacrée en 1697 et surmontée d'un

dôme en pierre. Ernée avait passé, avec la seigneurie de Mayenne, aux mains du cardinal Mazarin, dont la nièce, Hortense Mancini, donna le vieux château pour construire l'église.

43 k. **Pontmain** (hôt. : *Notre-Dame*; *de France*; pension de dames chez les religieuses d'Évron), petit village de 631 hab., dans le vallon de la Futaie, est devenu un lieu de pèlerinage très fréquenté à la suite d'une apparition de la Vierge aperçue par plusieurs enfants dans la nuit du 17 janvier 1871. Près de l'ancienne église paroissiale, a été érigée une vaste basilique dans le style gothique du xiv° s., précédée d'un porche et de deux tours à flèches. En arrière s'élève la maison des Oblats, qui a servi de camp de concentration pendant la guerre de 1914-1918, à l'entrée d'un beau parc ouvert au public et descendant dans le vallon. La grange devant laquelle se tenaient les enfants a été transformée en chapelle.

4° **Saint-Aubin-du-Cormier** (tram à vapeur d'Ille-et-Vilaine, 23 k.). — *Saint-Aubin-du-Cormier* (hôt. : *du Commerce*; *des Voyageurs*, t.c.f.), ch.-l. de c. de 1,624 hab., à 111 m. d'alt. (belle vue), près de la forêt qui porte son nom, doit son origine à un château construit en 1223 par Pierre de Dreux, duc de Bretagne, pour défendre l'entrée de son duché du côté de la Normandie et du Maine. Considérablement augmenté en 1449 et en 1486, ce château fut pris en 1487 par l'armée royale. C'est l'année suivante que fut livrée, sur la *lande* dite *de la Rencontre*, la bataille célèbre qui porta le dernier coup à l'indépendance de la Bretagne et à laquelle a été donné le nom de Saint-Aubin-du-Cormier. Après l'action, les prisonniers, parmi lesquels se trouvaient le duc d'Orléans, depuis Louis XII, et le prince d'Orange, furent conduits à Saint-Aubin, où l'on pourrait voir la cave qui aurait servi de prison au futur roi de France. Les vainqueurs démantelèrent sans délai les fortifications du château.

Les restes du *château* sont dans l'état où ils étaient il y a trois siècles : la moitié d'un donjon formidable, sapé par sa base, reste debout; les murs d'enceinte existent en partie, ainsi qu'un souterrain et de nouveaux ouvrages de défense, ajoutés au xv° s. par les ordres du duc François II. Outre ses solides murailles, le château était défendu par un étang, qui le baigne d'un côté, et par une profonde vallée. — Église moderne; tour de l'ancienne église. Maisons en bois des xv° et xvi° s.

A 1 k. E., *la Roche-Marie*, énormes blocs de granit.

Saint-Aubin est relié à (33 k.) Combourg (p. 62) par une route qui traverse la forêt de Haute-Sève et la lande de la Rencontre. La *forêt de Haute-Sève* (700 hect.) mérite d'être visitée pour ses chênes magnifiques et ses collines rocheuses; 6 rochers pointus, semblables à des menhirs, sont appelés Roches-Piquées.

Ancienne cathédrale Saint-Samson : façade ouest.

Ancienne cathédrale Saint-Samson : côté sud.

DOL

DOL (buffet-hôtel à la gare; hôt. *Grand-Maison*, t.c.f., voit.), ch.-l. de c. de 4,563 hab., vieille ville pittoresque dominée par une magnifique cathédrale, est située sur le bord de l'ancien rivage, aujourd'hui séparé de la baie du Mont-Saint-Michel par la plaine basse du marais de Dol.

Histoire. — Dol doit son origine à un monastère fondé par St Samson, évêque dans l'île de Bretagne (Angleterre), qui débarqua vers 548 en Armorique à l'embouchure de la petite rivière du Guioult. Couronné à Dol en 848, Nominoé, roi des Bretons, attribua à l'évêque la dignité d'archevêque et de primat de Bretagne, titre qu'il garda jusqu'en 1199. Aux IXe et Xe s., les Normands firent de fréquentes incursions dans le pays et la ville fut pillée plusieurs fois.

En 1075, Guillaume le Conquérant mit le siège devant Dol mais il dut se retirer, au bout de 40 jours, devant les troupes de Philippe Ier, roi de France. Par contre, Henri II d'Angleterre s'empara de la ville en 1164; Jean sans Terre s'y fortifia en 1203 et brûla la première cathédrale; Guy de Thouars reprit la ville en 1204. Au XVIe s., Dol embrassa le parti du duc de Mercœur, chef de la Ligue en Bretagne. En 1758 les Anglais, débarqués à Cancale, entrèrent à Dol sans résistance. C'est vers cette époque que les remparts de la ville furent définitivement abattus. En 1790, l'évêché fut supprimé. Le dernier évêque de Dol, Mgr de Hercé, s'exila à Jersey; ayant voulu rentrer en France avec l'armée des émigrés, il fut repris à Quiberon et fusillé à Vannes en 1795. Les 19 et 20 nov. 1793, les Vendéens avaient remporté à Dol, sur l'armée républicaine, une de leurs dernières victoires.

VISITE DE LA VILLE

Par l'*avenue de la Gare*, plantée d'arbres, on arrive en 5 min. à une petite place où se trouve la poste, et au delà de laquelle on débouche dans la Grande-Rue à l'angle de la mairie.

La *Grande-Rue*, pittoresque d'aspect et qui s'élargit à cet endroit pour former comme une longue place, a conservé un certain nombre de maisons anciennes, à pignons, à porches et à piliers. En descendant quelques pas vers la g., on voit, à la hauteur d'un bassin circulaire, la *maison* dite *des plaids* ou *des Palets* (xiᵉ ou xiiᵉ s.), rare et précieux spécimen de l'architecture civile romane normande; les ouvertures primitives ont été bouchées et 2 fenêtres rectangulaires repercées au xviᵉ s., mais on voit encore la jolie décoration en bâtons brisés, en étoiles et en dents de scie, qui ornait les arcs de la porte et des fenêtres. Un peu plus bas, de l'autre côté de la Grande-Rue, un porche, soutenu par une colonne à chapiteau sculpté, donne entrée dans la *Cour-aux-Chartiers*. Quelques pas plus loin, à g., autre maison à porche, dite *maison de la Guillotière*, avec colonnes de granit polygonales et chapiteaux ornés.

Prenant une petite rue en face de la maison des Petits-Palets on arrive à la cathédrale.

L'ancienne **cathédrale Saint-Samson** (mon. hist.), élevée à la place d'un monument roman brûlé en 1203 par Jean sans Terre et dont on ne retrouve quelques traces que dans les deux tours de la façade, est dans sa majeure partie une œuvre du xiiiᵉ s., offrant les caractères du plus beau style gothique normand; quelques remaniements et adjonctions y furent exécutés aux xivᵉ, xvᵉ et xviᵉ s.

La façade O., fort simple et mutilée, ne répond pas à la valeur artistique de l'ensemble; elle est resserrée entre deux tours, celle du N. rebâtie en 1520 et restée inachevée, celle du S. de diverses époques, du xiiᵉ au xviᵉ s., couronnée d'une balustrade flamboyante et d'une toiture en charpente, et flanquée d'une élégante tourelle hexagonale avec lanternon du xviiᵉ s.; une troisième tour carrée et massive, du xivᵉ s., s'élève sur la croisée du transept. La façade donne sur un square où l'on voit une croix et deux colonnes à chapiteaux ornementés, dont l'un d'eux présente une tête d'âne, seuls restes transportés à cette place d'une ancienne église Notre-Dame, du xiiᵉ s., détruite vers 1868.

On aborde la cathédrale par le flanc S., qui s'ouvre sur une place spacieuse par deux charmants porches en saillie. Le *grand porche*, rectangulaire, qui s'appuie au pignon du transept, date du xivᵉ s. et a été entièrement restauré en 1906; couronné d'une balustrade flamboyante et de pinacles, il est ajouré sur ses trois faces de larges arcades à voussures décorées de dais et de statuettes; la baie centrale est encadrée de 38 bas-reliefs en compartiments rectangulaires; les baies latérales sont closes à mi-hauteur par un mur où s'adosse un banc de pierre et garnies, au-dessus, d'un élégant remplage à jour. Le *petit porche*, bâti au XIII° s. au niveau de la 2° travée de la nef, a été remanié au XV° s. et également restauré en 1906; l'ouverture est divisée en deux arcades, du XV° s., avec colonnette centrale octogonale semée de cœurs, armes parlantes de l'évêque Cœuret.

Le flanc N. de l'église se rattachait jadis aux remparts de la ville, et les murs des chapelles latérales du chœur présentent un couronnement crénelé du XIV° s.

L'intérieur, long de 80 m., avec une hauteur de 20 m. 50 sous voûte, offre une magnifique perspective. La *nef*, de sept travées, étroite et élancée, est bordée de collatéraux sans chapelles, sauf la chapelle Saint-Magloire, ajoutée au XIV°s. en haut du bas-côté dr.; les grandes arcades sont supportées par des piles cylindriques cantonnées de quatre colonnes, dont deux, celles qui supportent la retombée des voûtes, par une disposition originale et charmante, sont détachées du noyau central. Au-dessus, le triforium et l'étage des fenêtres hautes offrent chacun une galerie de circulation. Au bas de la nef, 2 cuves du XV° et du XVI° s.; buffet d'orgue en partie du XVII° s.; à la 6° fenêtre du bas-côté g., portion de vitrail du XV° s.

Photo Nourdoin.
Maison de la Guillotière.

Le *transept* est ajouré au fond de chaque croisillon d'une large baie à meneaux. Celui du S. renferme, près de la porte du grand porche, une cuve octogonale du XVI° s. et un bénitier en marbre rouge du XVIII° s. Dans le croisillon N. on voit le remarquable *tombeau de l'évêque Thomas James († 1504). C'est une œuvre importante de la Renaissance, malheureusement endommagée par la Révolution, qui brisa la statue du prélat et mutila les sculptures. Le sarcophage, carré, est surmonté d'un dais, avec une coquille au centre, et soutenu par de fins pilastres, avec rinceaux et arabesques. Un second motif architectural, avec un arc en plein cintre, forme comme une niche au-dessus du sarcophage; on y retrouve les mêmes délicats ornements. Ce tombeau marque une date intéressante dans l'histoire de l'art français; il a été l'occasion de la venue en France de la célèbre famille florentine des Juste : c'est pour l'exécuter que furent appelés d'Italie Antoine et Jean Juste,

Tombeau de l'évêque Thomas James.

alors inconnus; après l'avoir terminé, ils allèrent établir à Tours leur atelier bientôt célèbre. C'est l'un des neveux de l'évêque, Jean James, chanoine de Dol, qui commanda l'œuvre et en fit les frais : on voit son buste et celui de son frère François, à chaque extrémité du tombeau, dans un médaillon de feuillage.

Le *chœur*, vaste et élégant, offre un plan très rare : il est terminé par un chevet plat avec un déambulatoire rectangulaire bordé de chapelles latérales et sur lequel s'ouvre au fond une seule chapelle absidale, ajoutée au XIVe s. L'angle N. du déambulatoire et les deux chapelles correspondantes sont curieusement voûtés, de façon à former une vaste chapelle carrée dédiée à Notre-Dame.

Une admirable *verrière de la fin du XIIIe s., en partie restaurée, garnit la grande fenêtre du chevet; chacune des 8 lancettes du bas est occupée par 6 médaillons figurant, de g. à dr. : 1º histoire de Ste Marguerite d'Antioche; 2º histoire d'Abraham; 3º l'enfance de J.-C.; 4º et 5º la Passion; 6º histoire de St Samson; 7º les premiers évêques de Dol, St Samson, St Magloire, St Budoc, St Leucher, St Thurain et St Genevé; 8º histoire de Ste Catherine. Dans les réseaux supérieurs se déroule le Jugement dernier. Au-dessus du maître-autel, Vierge en bois des XIIIe ou XIVe s.; la peinture en est moderne.

Dans le chœur, 80 stalles basses du XIVe s. et trône épiscopal du XVIe s. surmonté d'une crosse en bois doré qui se trouvait au-dessus du maître-autel.

Dans la 3e chap. à dr. du chœur, colonne de 1537 qui portait avant la Révolution la statue de Mgr de Laval.

Dans la chapelle absidale Saint-Samson, anciens enfeus, monument de l'évêque de Révol (XVIIIe s.) et 2 reliquaires en bois doré du XVIIIe s. renfermant les reliques de St Samson et de St Magloire.

On peut, en s'adressant au sacristain, monter sur les galeries qui bordent les combles et d'où l'on découvre une vue étendue sur le mont Dol et la campagne environnante.

Environs de Dol.

1º **Menhir du Champ-Dolent** (promenade facile; 15 à 20 min. env.). — On sort de Dol par la Grande-Rue, que l'on remonte jusqu'à une esplanade où elle se termine et où s'élève la halle. Après avoir croisé le ch. de fer au-dessus de la gare, on suit pendant 1 k. la route de Combourg, et l'on arrive à une bifurcation à dr. de laquelle on aperçoit *Cardantain* et son église, moderne, près de laquelle se trouve l'ancienne fontaine Saint-Samson. Les deux branches de la bifurcation conduisent au menhir : si l'on prend à dr., il faut marcher 500 m. jusqu'à une traverse que l'on prend alors à g.; si l'on prend à g., on trouve la traverse à dr., au bout de 300 m. A égale distance à peu près entre les deux routes, s'élève au milieu d'un champ la *pierre du Champ-Dolent* (*campus doloris*; mon. hist.), champ de la douleur, allusion à une grande bataille légendaire qui aurait ensanglanté cet endroit et pendant laquelle le menhir serait tombé du ciel entre les combattants, pour les séparer. C'est un magnifique menhir fusiforme de 8 m. 70 de tour, haut de 9 m. 30 et s'enfonçant, dit-on, de 7 m. dans le sol. Il est surmonté d'une croix de bois, substitution curieuse de la religion chrétienne au culte druidique.

2º **Château et étang de Beaufort** (8 k. S.-O. par la route; ch. de fer, ligne de Miniac, station de Roz-Landrieux, à 4 k. N. du château). — La route, à 1 k. 5 au delà de Dol, laisse à dr. la route de Dinan, pour passer à (2 k. 5) *Baguer-Morvan*. — 8 k. Le *château de Beaufort* est entouré de bois baignés par un étang magnifique; le site est de toute beauté. Dans les environs, menhir haut de 4 m. 50 et dit la *Pierre du Domaine*.

A 3 k. S.-O., sur la route de Tresse, ruines de l'*abbaye du Tronchet*, ancien monastère de St Benoît fondé en 1770, et, 2 k. au delà, *forêt du Mesnil*, vaste de 300 hect.

3º **Château de Landal** (11 k. S.-E., par la route; ch. de fer ligne de Pontorson, station de la Boussac, à 3 k. 5 N. du château). — Départ par la route de la gare, où l'on bifurque à g., avant la gare, pour franchir le ch. de fer. — 6 k. *Epiniac: église* en partie du XIIe s., avec bas-relief du XVIe s., figurant la Mort de la Vierge, et belles boiseries du XVIIe s. entourant la cuve des fonts baptismaux. — 8 k. 5. On quitte la route de la Boussac, un peu avant le bourg, pour tourner à dr.

11 k. Ruines du *château de Landal*, du XVe s.; le donjon a été restauré. Près des ruines, château moderne et quatre étangs.

On peut ensuite poursuivre la même route pendant 1 k., puis, tournant à g., gagner (2 k. 5 de Landal) le village de *Broualan*, dont la *chapelle* (mon. hist.), sur une éminence, a été fondée en 1483, par une dame de Landal, à la suite d'un vœu pour le retour de son époux parti en Terre Sainte. Une tourelle extérieure, octogonale, donnait accès au campanile, qui est charmant. Jolis détails du XVIe s. — De Broualan, une route de 5 k. ramène directement à la Boussac.

4º **Mont Dol et Marais de Dol** (2 k. 6 N.-N.-O.). — De Dol, on suit la route de Saint-Malo jusqu'à la ferme de la Bégaudière, en face de laquelle se détache à dr. la route du mont Dol, qui croise à niveau le ch. de fer. Le village de *Mont-Dol* est situé sur le versant méridional du mont. L'église paroissiale a une voûte en berceau, des arcades romanes, de petites fenêtres en plein cintre et, près du chœur, 2 piliers cylindriques à chapiteaux fleuronnés, qui indiquent le XIIᵉ s. Les autres parties de l'église sont des XVᵉ et XVIᵉ s. Le *mont Dol*, haut de 65 m., est, au milieu de la plaine d'alluvions qui l'entoure, une colline granitique et schisteuse, avec pyrites de fer, complètement abrupte du côté du N. Comme le Mont-Saint-Michel, Tombelaine et l'archipel des îles anglo-normandes, c'est un témoin géologique, un débris du territoire tapissé jadis par la forêt de Scissy, envahi et recouvert par la mer et dont le marais de Dol est une partie reconquise sur les flots par le travail des hommes. Sur le versant S. du mont, a été découvert un très important gisement d'animaux préhistoriques appartenant à l'époque du mammouth.

Photo Neurdein.

La pierre du Champ-Dolent.

D'abord consacré par les druides, le mont eut ensuite un temple en l'honneur de la déesse Cybèle, temple qui n'a été détruit qu'en 1802 en même temps qu'une chapelle chrétienne qu'on avait élevée à côté. Après l'introduction du christianisme, le mont Dol devint un asile où vécurent la plupart des apôtres de l'Armorique : St Malo, St Samson, St Magloire, etc. On y voit aujourd'hui : la *tour* et la *chapelle N.-D.-de-l'Espérance*, datant de 1857; une fontaine qui ne tarit jamais et qui semble alimentée, en siphon souterrain, par les hauteurs voisines; un rocher dont une fissure passe pour être l'empreinte du pied de St Michel laissée par l'archange lorsqu'il s'élança de cet endroit sur l'îlot qui porte son nom. D'autres crevasses seraient les traces des griffes de Satan, imprimées dans le roc par le démon vaincu, précipité du mont par le saint.

Son isolement au milieu du marais fait de cette butte infime un belvédère de 1ᵉʳ ordre d'où l'on découvre un superbe *panorama : au N.-E. et à l'E. le Mont-Saint-Michel et la côte de Normandie avec Granville, au N.-O. Cancale, au S.-O. les hauteurs de Bécherel et de Dinan. Autour du mont la vue s'étend sur la surface riante, bien irriguée et fertile, de la plaine basse, étalée

Combourg : le château et l'étang.

en croissant au fond de la baie, limitée vers l'intérieur par un demi-cercle
de gracieux coteaux et couverte de nombreux bourgs et villages blottis
dans les arbres.

Le *marais de Dol*, plaine basse inférieure de 0 m. 27 à 4 m. 27 au niveau
maximum des hautes mers et large de 4 à 5 k. en moyenne, s'étend sur
30 k. à vol d'oiseau, le long de la côte de la baie du Mont-Saint-Michel, entre
la pointe de Château-Richeux à l'O. et l'embouchure du Couesnon à l'E.;
il est circonscrit dans l'intérieur par un hémicycle de collines qui dessinent
la ligne du rivage primitif et dont la hauteur varie de 12 à 53 m. à l'O. de
Dol, de 24 à 86 à l'E.

Le marais de Dol occupe l'emplacement d'une partie de l'antique forêt de
Scissy, ainsi que l'attestent les troncs d'arbres nombreux que l'on retrouve
aujourd'hui sous la surface du sol. Ces arbres, appelés par les habitants
« bourbans », « canaillons » ou « couërons », et qui, acquérant à l'air une
extrême dureté, peuvent servir à la fabrication de divers objets de marque-
terie, atteignent pour les chênes 2 et 3 m. de circonférence et 20 à 25 m. de
longueur sous branches. La forêt de Scissy, qui occupait toute la baie actuelle
du Mont-Saint-Michel, fut envahie par la mer à une époque incertaine; la
date probable de la submersion du marais de Dol est celle du cataclysme
de 709, dont l'œuvre destructrice aurait été achevée par un nouvel ouragan
en 881. De nombreux villages furent engloutis. L'épaisseur de la couche
limoneuse déposée par les eaux (3 m. 30 env.) indique une période de submersion de 400 ans; c'est au XIIe s. qu'auraient commencé les travaux d'endi-
guement et la reconquête du marais sur la mer, facilités par la formation
naturelle d'une sorte de remblais de débris accumulés par les marées. L'assé-
chement de cette lagune dont on exploitait les roseaux, fut très poussé au
XVIIIe s. La digue extérieure, qui sert de grande route, atteint un développement de 36 k. et une hauteur moyenne de 10 m. Un accident arrivé à
cette digue sous la Révolution provoqua, en l'an VII, l'organisation d'un
syndicat qui comprend les 23 communes du marais. Chaque année, 63 députés
élus par ces communes se réunissent à Dol et nomment une commission
de 15 membres à qui est confiée la surveillance des travaux. Grâce à cette
activité, à la création d'une foule de biefs et de canaux, l'étendue des terres
reconquises atteint 15,000 hect., dont la valeur dépasse 50 millions de fr. et
le revenu 2 millions; d'inculte ce sol est devenu d'une fertilité merveilleuse;
désert jadis, il est à présent couvert d'une multitude de bourgs, de villages
et de fermes. On a déjà constitué, dans la partie E., d'importants polders
au delà de la digue. Ainsi le marais de Dol s'affirme comme la création
magnifique de la persévérance et de la solidarité humaines.

5° **Combourg** (ch. de fer, Etat, 17 k., ligne de Saint-Malo à Rennes; — par
la route, 8 k. S.). — *Combourg* (hôt. : *du Château et des Voyageurs*; *de France*;
Gentil, voit. de louage), à 1 k. 5 à l'O. de la station (omn.), ch.-l. de c. de
4,661 hab., au bord d'un vaste étang, est un vieux bourg breton d'aspect
pittoresque, avec des maisons anciennes du XVIe s.; l'église ogivale est moderne.
La place principale est occupée par une halle de forme ovale avec piliers
de granit.

Le *château*, sévère construction féodale, a été illustré par Chateaubriand,
qui y passa son enfance. Vu du S., de la route de Rennes, il se présente d'une
façon imposante, entouré par son parc et dominant l'étang.

Il remonte, dans sa partie la plus ancienne, au début du XIe s.; la plus
grosse tour, celle du N., improprement appelée tour du Maure, a été construite en 1016 par Junken ou Gingoneus, évêque de Dol. Il fut agrandi et
complété, au XIVe et au XVe s., par ses possesseurs, les Du Guesclin entre
autres, et par Geoffroy de Châteaugiron, capitaine de Rennes vers 1420. De
la famille de Coetquen, Combourg passa au maréchal de Duras, puis à René-
Auguste de Chateaubriand, père du célèbre écrivain; celui-ci en hérita après
la mort de son frère aîné, mort sur l'échafaud pendant la Révolution, et
consacra dans les « Mémoires d'Outre-Tombe » des pages célèbres au souvenir

des années de son enfance passées à Combourg. Restauré au xixe s., le château appartient aujourd'hui à Mme la comtesse de Chateaubriand.

On entre dans un vestibule orné de peintures et du buste de Chateaubriand, par *David d'Angers*. — L'ancienne grande salle, où se promena de long en large le vieux comte de Chateaubriand pendant les veillées silencieuses de la famille, a été divisée et forme le salon et la salle à manger. On y remarque un buste de Françoise de Foix, comtesse de Chateaubriand, par d'Espinay, et de belles fresques représentant Alain, duc de Bretagne, et son fils Briand, ancêtres de la famille. — Dans la *bibliothèque* se voient la table à écrire et le fauteuil de l'auteur du « Génie du Christianisme », ainsi que le squelette d'un chat, se rapportant à cette vieille légende d'après laquelle un comte de Combourg apparaît quelquefois dans le château sous la forme d'un chat noir : le squelette a été retrouvé dans la tour dite tour du Chat. — En haut, la *chambre de Chateaubriand* est convertie en musée; dans une vitrine, parchemins et autographes; petit lit de fer où l'illustre vieillard est mort à Paris; quelques meubles d'une extrême simplicité. De là, on domine toute la campagne environnant Combourg.

INDEX ALPHABÉTIQUE

Coulommiers. — Imp. Paul BRODARD. — 532-7-22.

INDEX ALPHABÉTIQUE

Coulommiers. — Imp. Paul BRODARD. — 532-7-22.

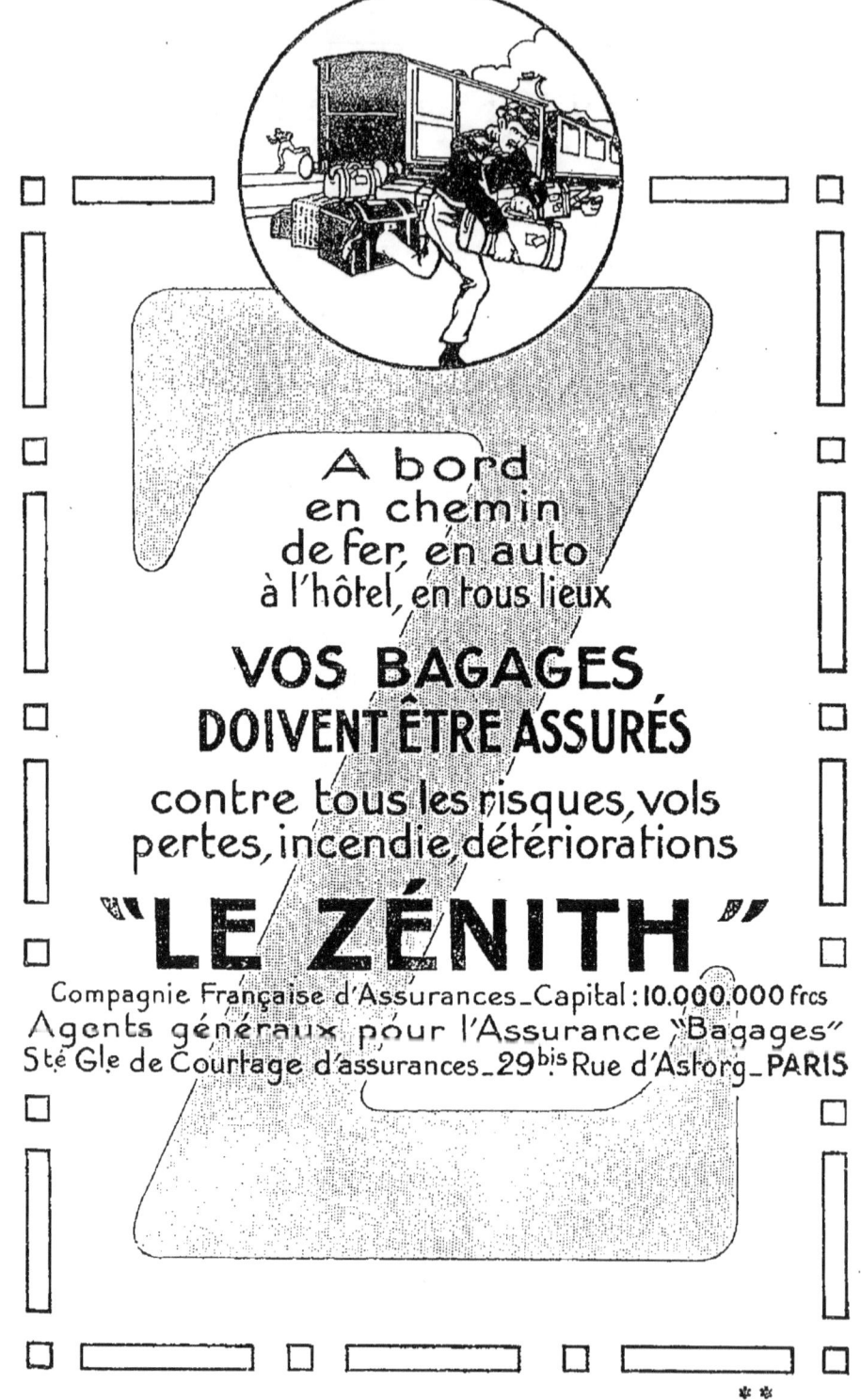

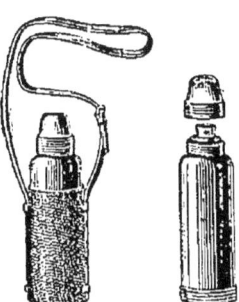

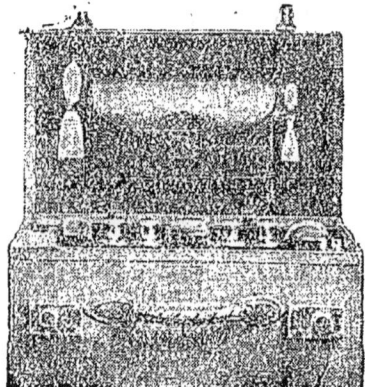

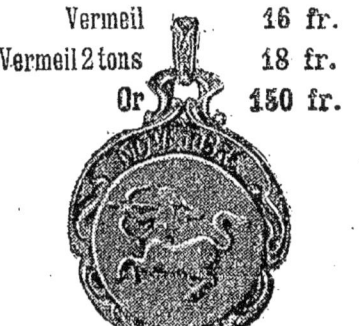
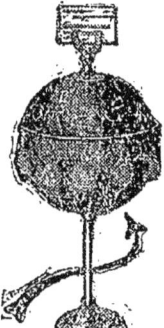

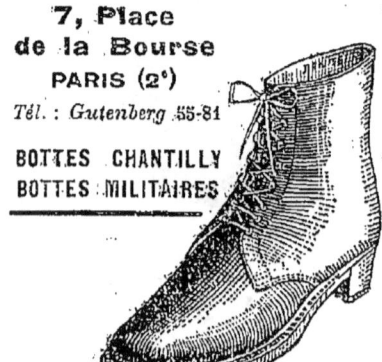

— 9 —

⊢ 13 ⊣

— 18 —

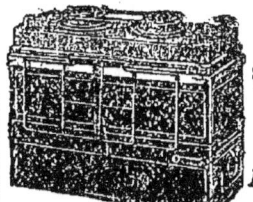
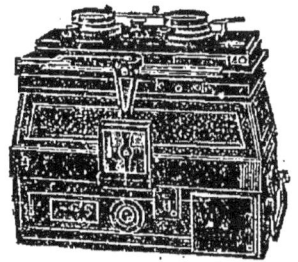

— 21 —

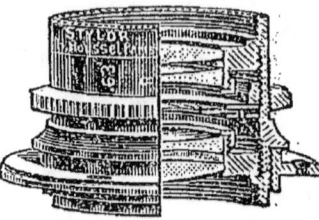
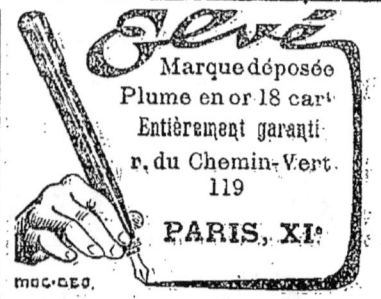

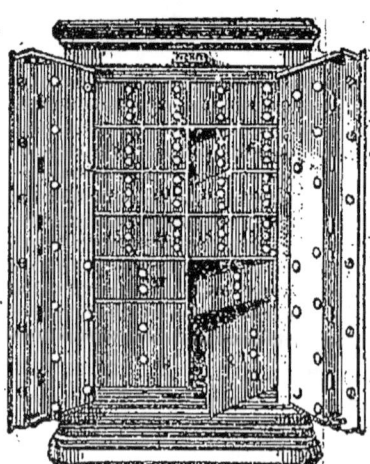

SOCIÉTÉ GÉNÉRALE

Pour favoriser le développement du Commerce et de l'Industrie en France

Société anonyme fondée en 1864

CAPITAL : 500 MILLIONS

Siège social : boulevard Haussmann, 29, à Paris

TOUTES OPÉRATIONS de BANQUE et de BOURSE

SERVICE DE COFFRES-FORTS

PRINCIPALES AGENCES DANS LES DÉPARTEMENTS

* Abbeville	* Beaune.	* Charolles.	Doué-la-Fon-	* Jœuf - Homi-
Agde.	* Beauvais.	* Chartres.	taine	court
* Agen.	* Bédarieux	Château - Chi-	* Doullens	* Joigny
* Aix - en - Pro-	* Bellort.	non.	* Dourdan	* Jonzac
vence.	* Bellegarde	* Châteaudun.	* Draguignan.	* Jussey.
* Aix-les-Bains.	* Belley.	* Château-Gon-	* Dreux.	* Juvisy.
Ajaccio (Cor-	* Bergerac	tier	* Dunkerque	* La Bassée
se).	* Bergues.	Châteaulin.	* Elbeuf.	* Lagny
* Alais.	* Bernay.	Châteauneuf -	* Epernay	* Laigle.
* Albert.	* Besançon	s - Charente	* Epinal	* Landivisiau
* Albertville	* Béthune	Châteaure	* Espalion	* Langon
* Albi.	* Béziers.	nard	Estaires	* Langres
* Alençon	* Biarritz	* Châteauroux.	* Etampes	* Lannion
* Ambert.	Billom.	* Chât -Thierry	* Eu.	* Laon.
* Amboise.	Blanc (Le).	* Chatellerault	* Evian-l-Bains	* Lapalisse
* Amiens	Bléré	* Châtillon-sur-	* Evreux	* La Réole
* Andelys (Les)	* Blois.	Seine.	* Falaise	* Laval.
* Angers.	Bohain	* Chatou	* Fécamp	* Lavaur.
* Angoulême	Bolbec.	* Chaumont.	Forté - Ber-	* Lavelanet
* Annecy.	* Bordeaux.	* Chauny.	nard	* Lens.
* Annemasse	* Boulogne sur	Chazelles sur-	* Ferté-Macé.	* Lézignan.
* Annonay	Mer	Lyon	* Ferté - sous	* Liancourt
* Antibes	* Bourbonne	* Cherbourg	Jouarre.	* Libourne.
* Apt.	les Bains	* Chinon.	Feurs.	* Ligny-en-Bar-
* Arcachon	Bourg.	* Clamecy	* Flèche (La)	rois
* Argentan	* Bourges.	Clayette (La).	* Flers	* Lille.
* Argenton sur-	Bourgoin	* Clermont Fer	* Figeac	* Lillers
Creuse	* Bourgueil	rand	* Fleurance	* Limoges
* Arles.	* Bressuire	Clermont -	* Foix.	* Limoux
* Armentières.	* Brest.	l'Hérault	* Fontainebleau	* Lisieux
Arnay-le-Duc	* Briançon	* Cluny	* Fontenay le-	* Loches
* Arras.	Briey.	* Cognac	Comte	* Lodève
* Aubagne	* Brignoles	* Comines	Fougerolles.	Longjumeau
* Aubenas.	* Brionne	* Compiègne	* Fourmies.	* Longwy.
* Aubusson.	Brioude	* Condom.	* Gaillac	* Lons - le Sau
* Auch..	* Brive	Contrexéville	* Gannat.	nier.
* Audincourt	* Caen.	* Corbeil.	* Gap	* Lorient.
* Auray.	* Cahors.	* Corbie.	* Gien	* Loudun.
* Aurillac	* Calais..	Cornimont	* Gisors	* Louhans
* Autun.	* Cambrai.	* Cosne.	* Civet	* Lourdes
* Auxerre	* Cannes.	* Coulommiers	* Givors	* Louviers.
* Auxonne	Cany-Barville	* Coutances	* Gournay - en -	* Luçon
* Avallon	* Carcassonne	* Craponne - s -	Bray.	* Lunel
* Avesnes	* Carentan.	Arzon	* Granville.	* Lunéville
* Avignon	* Carmaux.	* Creil.	* Grasse.	* Lure.
* Avize.	* Carpentras.	Crépy-en-Va-	* Graulhet	* Luxeuil
* Avranches	* Castelnaudary	lois	* Gravelines	* Lyon
* Ay.	* Castelsarrasin	* Crest	* Gray.	* Mâcon
* Baccarat.	* Castres.	Creusot (Le)	* Grenoble.	* Magny en-
* Bagnères- de-	* Cateau (Le).	Cusset	Guémené Pen	Vexin
Bigorre	* Caudry.	* Dax.	fao	* Maiche.
* Barbentane	Cauterets	* Deauville	* Guérande	* Maisons -Laf-
* Barbezieux	* Cavaillon	Decazeville	* Guéret.	fitte
* Bar-le-Duc.	* Cette.	* Denain	* Guingamp	* Mamers
* Bar-sur-Aube.	* Chalon - s u r -	* Dieppe	* Guise.	* Manosque
* Bar-s -Seine.	Saône.	* Digne.	* Havre (Le)	* Mans (Le)
* Bastia (Corse)	* Châlons - sur -	* Digoin	* Hirson	* Mantes.
* Baume - les -	Marne.	* Dijon	* Honfleur	* Marmande
Dames	* Chambéry.	* Dinan.	Hyères.	* Marseille.
* Bayeux.	Chambon-Feu	* Dinard	* Isle-Adam	* Marvejols
* Bayonne	gerolles	* Dôle.	Isle-sur -Sor-	* Maubeuge
Beaujeu	* Chantilly	* Domfront	gue	* Mauléon.
* Beaumont sur	* Charleville.	* Douai.	* Issoudun	* Mauriac
Oise.	* Charmes.	* Douarnenez	* Jarnac.	* Mayenne.

(*) Les agences marquées d'un astérisque sont pourvues d'un service de coffres-forts

Meaux.	Nevers.	Rambervillers	St-Junien.	Tourcoing
Melun.	Nice.	Rambouillet	Saint-Lô.	Tournus.
Mende.	Nimes.	Redon	Saint-Loup-s -	Tours.
Menton.	Niort.	Reims.	Semouse.	Tréport (Le)
Méru.	Nogent-le-Ro-	Remiremont	Saint-Malo.	Trouville
Merville	trou	Rennes.	St-Menehould	Troyes.
Meulan.	Noyon.	Rethel.	Saint-Nazaire	Tulle.
Meursault.	Nuits-Saint -	Revel.	Saint-Omer,	Tullins
Meymac.	Georges.	Revin.	Saint-Paul-s-	Uzès.
Mèze.	Nyons.	Riom.	Ternoise.	Valence.
Mézières	Oloron-Sto -	Rive-de-Gier.	Saint - Pour -	Valence-d'Agen
Millau.	Marie.	Roanne.	çain-s-Sioule	Valenciennes.
Mirande.	Orange.	Rochefort-s-M.	Saint-Quentin	Valognes
Mirecourt.	Orléans.	Rochelle (La).	St-Raphael..	Valréas.
Moissac.	Orchès	Roche-s-Yon	Saint - Remy-	Vannes.
Montargis.	Orthez.	Rodez.	de-Provence	Vendôme.
Montauban.	Oyonnax.	Romans.	Saint-Servan.	Verdun.
Montbéliard.	Palaiseau.	Romilly-s-Seine	Salies de-Béarn	Verneuil-sur-
Montbrison.	Pamiers.	Romorantin	Salins-du-Jura	Avre.
Mont de-Mar-	Paray-le-Mo -	Roubaix	Salon.	Vernon.
san.	nial.	Rouen.	Sancoins.	Versailles.
Montdidier.	Parthenay	Royan.	Sarlat.	Vervins.
Monte-Carlo	Pau.	Rueil.	Saulieu	Vesoul
Montélimar	Périgueux.	Ruffec.	Saumur	Vichy.
Montereau	Péronne.		Seclin.	Vienne.
Montluçon.	Perpignan.	Sabl -d'Olonne	Sedan.	Vierzon.
Montmorillon	Pertuis.	Saint-Affrique	Segré.	Vigan (Le)
Montpellier.	Pézenas.	Saint-Aignan.	Semur	Villedieu-les-
Montr.-s.-Mer	Pithiviers.	Saint-Amand.	Senlis.	Poëles.
Montrichard	Ploermel.	Saint-Brieuc	Senones	Villefranche -
Moret-s-Loing	Poissy.	St-Chamond	Sens.	de-Rouergue
Morez-du-Jura	Poitiers.	Saint-Claude.	Seyne.	Villefranche -
Morlaix.	Pons.	Saint-Dié.	Sézanne.	s.-Saône.
Mortagne.	Pont-à-Mous-	Saint-Dizier.	Soissons	Villeneuve-St-
Morteau.	son.	Saint-Etienne	Souillac.	Georges.
Moulins.	Pont-Audemer	Saint-Flour.	Tarare.	Villeneuve s -
Moutiers	Pont - de -	Sainte-Foy-la-	Tarascon.	Lot.
Murat	Beauvoisin.	Grande.	Tarbes.	Villeneuve-s.-
Nancy.	Pontivy.	Saintes.	Thiers.	Yonne.
Nanterre	Pont-L'abbé -	St-Gaudens.	Thizy.	Villers-Cotterets
Nantes.	Lambourg.	St -Germain	Thonon-les B	Vimoutiers
Nantua.	Pont-l'Evêque	en-Laye.	Touars.	Vire.
Narbonne	Pontoise	Saint-Girons	Tonneins	Vitry-le-Fr
Nay.	Provins.	Saint -Hilaire-	Tonnerre	Vitré.
Nemours.	Puy (Le).	du-Harcouet	Toul.	Voiron.
Nérac.	Quesnoy (Le)	Saint - Jean-	Toulon.	Vouziers.
Neufchâteau	Quimper.	d'Angély.	Toulouse	Yvetot
Neufchâtel .	Quimperlé	St-Jean-de-Luz		

AGENCES EN AFRIQUE

Alger, Bône, Bougie, Casablanca, Constantine, Kairouan, Mascara, Mostaganem, Oran, Philippeville, Relizane, Sétif, Sfax, Sidi-bel-Abbès, Sousse, Tanger, Tiaret, Tunis.

AGENCE A L'ÉTRANGER

Londres, 53, Old Broad Street; *Bureau-Annexe* : West-End, 65-67, Regent Street, W. E.

SOCIÉTÉS FILIALES & BANQUES AFFILIÉES

SOCIÉTÉ GÉNÉRALE DE BANQUE POUR L'ÉTRANGER ET LES COLONIES
Barcelone 20, place de Catalogne ; Valence, 39, calle del Pintor Sorolla.

SOCIÉTÉ FRANÇAISE DE BANQUE ET DE DÉPOTS
Succursales à . Bruxelles, rue Royale, 72; *Bureaux* : boulevard Anspach, 27.—Anvers, place de Meir, 72, 74, 76. — Ostende, avenue Léopold, 21. — Berlin, 34-35, Mohrenstrasse.

BANQUE FRANÇAISE DE SYRIE
Bureau à Marseille, 24, rue Noailles. — *Succursales*, en *SYRIE* Beyrouth, Damas, Alep ; *en CILICIE* : Mersine, Adana.

SOCIÉTÉ GÉNÉRALE ALSACIENNE DE BANQUE
Siège social : Strasbourg, 4, rue Joseph-Massol. — *Agences à* . Colmar, Cologne, Esch-s.-Alzette, Ettelbruck, Francfort-s.-Mein, Guebwiller, Haguenau, Idar, Kehl, Ludwigshafen, Luxembourg, Mayence, Metz, Mulhouse, Obernai, Obernstein, Saint-Louis, Sarrebourg, Sarrebruck, Sarreguemines. Sarre-Union, Saverne, Selestat, Strasbourg, 8, rue du Dôme, Thann, Thionville.
Correspondants sur toutes les places de France et de l'Etranger

(*) Les agences marquées d'un astérisque sont pourvues d'un service de coffres-forts.

CRÉDIT LYONNAIS

FONDÉ EN 1863

SOCIÉTÉ ANONYME - CAPITAL : 250 MILLIONS

ENTIÈREMENT VERSÉS

LYON, SIÈGE SOCIAL : PALAIS DU COMMERCE

PARIS, SIÈGE CENTRAL : BOULEVARD DES ITALIENS, 19

AGENCES DANS PARIS

A	Place du Théâtre-Français, 3.	AE	Place Victor-Hugo, 7.
B	Rue Vivienne, 31 (Bourse).	AF	Avenue des Ternes, 37.
C	Faubourg Poissonnière, 44.	AG	Boulevard Haussmann, 132
D	Rue Turbigo, 3 (Halles).	AH	Rue Saint-Antoine, 62.
E	Rue de Rivoli, 43.	AI	Rue des Martyrs, 62.
F	Rue Lafayette, 50.	AJ	Boulevard Voltaire, 113.
G	Rue Rambuteau, 14.	AK	Faubourg du Temple, 68.
H	Boulevard Sébastopol, 91.	AL	Rue Royale, 14.
I	Faubourg Saint-Antoine, 63.	AM	Boulevard de Courcelles,
J	Boulevard Voltaire, 45.	AN	Boulevard Barbès, 5.
K	Rue du Temple, 201.	AO	Rue Lecourbe, 2.
L	Boulevard Saint-Denis, 10.	AP	Avenue Bosquet, 36.
M	Avenue de Villiers, 73.	AR	Avenue Marceau, 44.
N	Boulevard Magenta, 77.	AS	Aven. des Champs-Elysées, 55.
O	Avenue Kléber, 103.	AT	Rue de Lyon, 22.
P	Place Clichy, 16.	AU	Rue de Turenne, 103.
R	Boulevard Haussmann, 53.	AV	Place de Rennes, 6.
S	Faubourg Saint-Honoré, 152.	AW	Rue de Vaugirard, 316.
T	Boulevard Saint-Germain, 58.	AX	Rue du Commerce, 36.
U	Boulevard Saint-Michel, 20.	AY	Place de la Nation, 1.
V	Rue de Rennes, 66.	AZ	Rue Damrémont, 63 *bis.*
W	Boulevard Haussmann, 188.	ZA	Avenue de Clichy, 128.
X	Boulevard Saint-Germain, 205.	ZB	Place Daumesnil, 2.
Y	Avenue des Gobelins, 22.	ZC	Rue de Belleville, 134.
Z	Avenue d'Orléans, 19.	ZD	Rue Lafayette, 108.
AB	Rue de Flandre, 1.	ZE	Rue Ordener, 78.
AC	Rue de Passy, 66.	ZF	Rue de Ménilmontant, 1.
AD	Rue d'Auteuil, 43.	ZG	Place d'Italie. 5.
		ZH	Avenue du Maine, 73.

AGENCES DANS LA BANLIEUE DE PARIS

Asnières, Grande-Rue, 32.
Boulogne-s.-Seine, b. de Strasbourg, 1
Charenton, rue de Paris, 79.
Clichy, boulevard National, 96.
Colombes, rue Saint-Denis, 6.
Courbevoie, rue de Paris, 43.
Levallois-Perret, rue Courcelles, 89.
Montreuil-s.-Bois, boul. Rouget-de l'Isle, 57.

Montrouge, av. de la République, 36.
Neuilly-s.-Seine, av. de Neuilly, 36.
Nogent-s.-Marne, Grande-Rue, 166.
Pantin, rue de Paris, 62.
Parc-S'-Maur, av. de la Mairie, 1.
Saint-Denis, r. de la République, 24.
Saint-Mandé, pl. de la Tourelle, 5.
Suresnes, rue Emile-Zola, 42.

CRÉDIT LYONNAIS

AGENCES EN FRANCE ET EN ALGÉRIE

Abbeville	Châteaudun.	Mâcon.	Riom.
Agen.	Châtellerault.	Mans (Le).	Rive-de-Gier
Aix-en-Provence.	Châtillon-sur-Seine	Mantes	Roanne.
Aix-les-Bains.	Chaumont	Marmande	Rochefort-sur-Mer
Alais.	Cherbourg	Marseille.	Rochelle (La).
Albi.	Cholet.	Maubeuge	Rodez.
Alençon.	Clermont-Ferrand	Mayenne	Romans.
Alger (Algérie)	Cognac.	Mazamet	Romilly-sur-Seine
Ambert	Compiègne.	Meaux.	Roubaix
Amiens	Condé-sur-Noireau.	Melun.	Rouen.
Angers.	Constantine (Algérie).	Menton.	St-Amand-les-Eaux.
Angoulême	Corbeil.	Metz.	St-Amand-Montrond.
Annecy	Cosne-sur-Loire	Millau	Saint-Brieuc.
Annonay	Coulomniers.	Montargis	Saint-Chamond
Antibes.	Crest.	Montauban.	Saint-Claude
Argenteuil	Creusot (Le)	Montbéliard.	Saint-Dié.
Arles	Dax	Montbrison.	Saint-Dizier.
Arras	Deauville	Mont-de-Marsan.	Saint-Etienne.
Auch.	Dieppe.	Montceau-les-Mines.	Saint-Flour.
Aurillac	Dijon	Monte-Carlo (Territoire	St-Germain-en-Laye.
Autun.	Dôle.	français).	Saint-Malo.
Auxerre	Douai.	Montélimar	Saint-Nazaire
Avallon.	Draguignan	Montereau.	Saint-Omer.
Avignon.	Dreux	Montluçon.	Saint-Quentin.
Bar-le-Duc	Dunkerque.	Montpellier	Saint-Raphaël.
Bayonne.	Elbeuf.	Morlaix.	Saint-Servan.
Beaucaire	Epernay	Morteau.	Saintes.
Beaulieu.	Epinal.	Mostaganem	Salon.
Beaumont-sur-Oise.	Evreux.	Moulins.	Saumur.
Beaune.	Fécamp.	Mulhouse	Sedan.
Beauvais.	La Ferté-sous-Jouarre.	Mustapha Agha (Algérie)	Sens.
Belfort.	Figeac.	Nancy.	Sidi-bel-Abbès (Algérie).
Belleville-sur-Saône	Firminy.	Nangis	Soissons.
Besançon.	Flers.	Nantes.	Strasbourg.
Béziers.	Fontainebleau	Narbonne	Tarare.
Biarritz.	Fourmies.	Nevers	Tarbes.
Blois	Gaillac	Nice.	Thiers.
Bône (Algérie).	Givet.	Nîmes.	Thizy.
Bordeaux	Grasse.	Niort.	Toulon.
Boulogne-sur-Mer	Gray.	Nogent-le-Rotrou	Toulouse.
Bourg	Grenoble	Nuits-St-Georges.	Tourcoing.
Bourges.	Guéret.	Oloron-Sainte-Marie	Tournon.
Bourgoin	Havre (Le)	Oran (Algérie).	Tours.
Brest	Hyères	Orange	Trouville
Brive	Issoire.	Orléans.	Troyes.
Caen.	Issoudun.	Pamiers.	Tulle
Cahors	Jarnac.	Paray-le-Monial	Tunis.
Calais.	Jonzac.	Pau	Valence.
Cambrai	Lagny.	Périgueux.	Valenciennes
Cannes.	Laon.	Perpignan.	Vannes.
Carcassonne.	La Seyne	Philippeville (Algérie).	Verdun.
Carpentras.	Laval.	Poitiers.	Versailles
Castres.	Lézignan.	Pontarlier.	Vesoul.
Caudry	Libourne.	Pontoise.	Vichy.
Cavaillon.	Lille.	Provins.	Vienne (Isère).
Cette.	Limoges.	Puy (Le).	Vierzon.
Châlons-sur-Marne	Lisieux.	Quimper.	Villefranche-s-Saône.
Chalon-sur-Saône.	Lons-le-Saunier.	Raincy (Le)	Villeneuve-sur-Lot
Chambéry	Lorient.	Reims.	Vitry-le-François.
Charité-sur-Loire (La)	Lourdes.	Remiremont.	Voiron.
Charleville	Lunel.	Rennes.	Yvetot
Chartres.	Lunéville.	Rethel.	

AGENCES A L'ÉTRANGER

Alexandrie (Egypte)	Ensanche.	Moscou	Smyrne.
Barcelone.	Genève.	Odessa.	Stamboul, Péra-Stamboul.
Bruxelles (Ixelles).	Jérusalem.	Port-Saïd.	
Caire (Le).	Londres.	Saint-Pétersbourg.	Valence (Espagne).
Constantinople.	Madrid.	Saint-Sébastien	
		Séville.	

Le Crédit Lyonnais fait toutes les opérations d'une maison de banque. dépôts d'argent remboursables à vue et à échéance; dépôts de titres; encaissements de coupons; ordres de bourse; souscriptions; escompte de papier de commerce sur la France et l'étranger; chèques et lettres de crédit sur tous pays; prêts sur titres français et étrangers; achat et vente de monnaies, matières et billets étrangers.

Service spécial de location de COFFRES-FORTS dans des conditions présentant toute garantie contre les risques d'incendie et de vol.

— 35 —

LE FIGARO

Le Numéro 20 centimes

DANS TOUTE LA FRANCE

Président du Conseil d'Administration	Rédacteur en chef:
Georges PRESTAT	Louis LATZARUS

INFORMATIONS

LE FIGARO est outillé de manière à fournir sur chaque événement important, en France et à l'étranger, l'information la plus rapide, la plus complète, la plus sûre. Il a, depuis sa nouvelle direction, un service spécial de dépêches de la dernière heure qui lui sont envoyées de toutes les grandes capitales.

Ouvert à tous les partis, journal indépendant, **LE FIGARO** est la tribune la plus libre et la plus retentissante.

C'est le journal le plus répandu du monde entier.

PUBLICITÉ

Les services de Publicité sont installés dans l'hôtel du FIGARO 26, rue Drouot, PARIS

La publicité du **FIGARO** est la plus recherchée

ABONNEMENTS

	Paris et Départem.	Étranger
Un an....	54 fr.	84 fr.
Six mois ..	28 fr.	43 fr.
Trois mois.	14 fr.	21 fr. 50

— 41 —

35ᵉ ANNÉE   LE NUMÉRO 0 fr. 10

L'Éclair

JOURNAL QUOTIDIEN DE PARIS

Directeur politique: Émile BURÉ

TÉLÉPHONE   ADRESSE TÉLÉGRAPHIQUE

Gutenberg 02.14 — 02.25   Éclair-Paris

10, rue du Faubourg-Montmartre, PARIS

ABONNEMENTS

	Trois mois	Six mois	Un an
PARIS (Seine et Seine-et-Oise)	8 fr.	15 fr.	30 fr
FRANCE (Colonies)	9 fr.	16 fr.	32 fr
ÉTRANGER	10 fr.	18 fr.	35 fr.

TARIF DE LA PUBLICITÉ

Annonces commerciales	la ligne	4 fr.
Réclames, troisième page	—	6 fr.
Faits divers	—	12 fr.
Entrefilets, deuxième page	—	15 fr.
Échos, première page	—	25 fr.

— 43 —

— 46 —

LA DÉPÊCHE

Le N° 0,15   *Journal de la Démocratie*   53ᵉ Année

SIÈGE SOCIAL.: Toulouse, 57, rue Bayard
AGENCE A Paris, 4, faubourg Montmartre

Directeurs : MM. A. HUC et Maurice SARRAUT

Abonnements :	3. MOIS	6. MOIS	1 AN
France et Colonies .	12 fr.	24 fr.	45 fr.
Etranger	20 fr.	40. fr.	80. fr.

Chèques postaux : N° 1617-Toulouse

On s'abonne sans frais dans tous les bureaux de Poste

Service Télégraphique par fil spécial

Téléphone : 401.633.673 à TOULOUSE.

Gutenberg 34-02 ⎱ à PARIS
Central 46-79 ⎰

40e Année   Tous les jours : 6 et 8 pages   Le N° 15 cent.

L'ÉCLAIREUR
DE NICE

JOURNAL RÉPUBLICAIN

Le plus fort Tirage des Journaux du Sud-Est

❖

*Service télégraphique par fil spécial
relié directement
avec les bureaux de l'Agence Havas, à Paris*

❖

L'Éclaireur est le mieux renseigné et le plus rapidement informé. Il est l'organe préféré de la colonie étrangère en villégiature sur la Côte d'Azur.

Salle de dépêches et de renseignements gratuits
Avenue de la Gare, 27-29

Annonces et publicité à la succursale de *l'Agence Havas*, rue Gioffredo, 62, à Nice.

L'ÉCLAIREUR DU SOIR
Paraissant à 5 heures

L'ÉCLAIREUR DU DIMANCHE
Revue hebdomadaire illustrée, paraissant le dimanche

L'ÉCLAIREUR AGRICOLE
Paraissant les 1er et 15 de chaque mois

COLLECTION ARS-UNA

HISTOIRE GÉNÉRALE
DE L'ART

*Chaque volume de la collection ARS-UNA est spéciale-
ment consacré à l'étude de l'art d'un seul pays.
D'autre part, les auteurs choisis pour la rédaction des
textes ; ouissent près du public de la meilleure notoriété.
C'est plus qu'il n'en faut pour assurer le succès de cette
collection, véritable publication de luxe, qui doit figurer
dans toutes les bibliothèques et que tous les touristes
doivent emporter en voyage.*

Chaque vol. illustré de 4 planches hors texte en coul.
et de plus de 600 grav. dans le texte, rel. toile. **20** fr.

VOLUMES PARUS DANS LA COLLECTION :

SIR WALTER ARMSTRONG
Directeur de la National Gallery d'Irlande
Grande-Bretagne et Irlande

LOUIS HOURTICQ
Professeur à l'Ecole Nationale des Beaux-Arts
France

MAX ROOSES
Conservateur du Musée Plantin, à Anvers
Flandre

MASPERO
Directeur des Antiquités égyptiennes
Egypte

MARCEL DIEULAFOY
Membre de l'Institut
Espagne et Portugal

CORRADO RICCI
Directeur des Beaux-Arts à Rome
Italie du Nord

CHEMINS DE FER DE L'ÉTAT

Le Réseau des Chemins de fer de l'État, un des plus importants de l'Europe, sillonne de ses dix mille kilomètres de voies ferrées, tout l'ouest et le sud-ouest de la France, englobant, ainsi, les anciennes provinces de Normandie, Bretagne, Touraine, Anjou, Poitou, Aunis et Saintonge, justement réputées tant par leurs richesses agricoles que par leurs ressources industrielles, ainsi que par une infinie diversité de sites, de monuments, de climats, et de coutumes. On y trouve, en effet, une culture et un élevage très développés, des régions viticoles dont les produits sont universellement connus et des centres industriels, commerciaux et touristiques très importants.

Aux portes mêmes de Paris, voici Versailles, le plus noble décor de parcs et d'architectures et tout autour, d'autres noms de demeures illustres, Meudon, St-Cloud, La Malmaison, Marly, St-Germain, Rambouillet, planent sur les forêts ombreuses.

Plus loin c'est la Normandie où surgissent les villes d'art et les monuments glorieux : c'est Rouen, mirant dans la Seine, couverte de navires, la floraison gothique de ses clochers dentelés et de ses pignons aigus, c'est Caen, « l'Athènes Normande », avec ses églises Romanes et ses Hôtels Renaissance, ce sont les grandes Cathédrales de Sées, d'Evreux, de Bayeux et de Coutances...

Enfin, ourlant la verte Normandie, voici le long ruban des côtes où se suivent, sans interruption, les vieux ports pittoresques et les jeunes plages florissantes : Dieppe, St-Valéry, Fécamp, Yport, Etretat, où le flot a sculpté des aiguilles et troué des Portails colossaux.

Puis, au delà de l'estuaire de la Seine, où Le Havre, le grand port transatlantique fait vis-à-vis au vieil Honfleur vêtu d'ardoises, c'est le déroulement des plages de sable doré : Trouville, Deauville, Villers, Houlgate, Cabourg, etc...; Cherbourg et sa rade; Granville, le « Monaco du Nord », qui regarde au large Jersey, ou parc anglais en pleine mer.

Mais voici qu'au milieu d'une baie profonde, s'aiguise une étrange silhouette... C'est le Mont-St-Michel cette pyramide inouïe d'architectures gothiques qui est bien la « Merveille de l'Occident ».

Et ce roc monumental est aussi une borne entre deux provinces : ici commence la Bretagne, cette âpre terre de granit,

perpétuellement assaillie par l'Océan et où, pourtant, sourient de si douces grèves; c'est Paramé, qui touche aux vieux remparts de St-Malo, ce nid de hardis corsaires, et, en face, par delà l'estuaire de la Rance, c'est Dinard, puis St-Lunaire, St-Briac, St-Cast, près du cap Fréhel; Le Val-André et St-Quay-Portrieux, sur la baie de St-Brieuc; Perros-Guirec, Trégastel et Trébeurden, parmi leurs chaos de granit rose; Roscoff, en face de l'Ile de Batz; Brest et sa rade, asile de nos flottes de guerre; enfin, Morgat, aux grottes fameuses.

Citons aussi comme intéressantes à visiter, les villes de Vitré, Fougères, Dol, Dinan, S-Brieuc, Guingamp, Lannion, Morlaix, Lamballe, Tréguier, et St-Pol-de-Léon ; enfin, sur les routes qui mènent en Bretagne, Chartres, Le Mans, Angers, Nantes, Laval, Rennes, etc., etc.

De nouveau au sud de la Bretagne, entre la Loire et la Gironde, le rivage s'adoucit derrière le chapelet des îles si pittoresques : Noirmoutier, Yeu, Ré, Oléron. Là, viennent mourir au bord de l'Océan, les riantes campagnes de la Vendée et du Poitou, de l'Aunis et de la Saintonge. Tandis qu'à l'intérieur, Thouars, Clisson, Bressuire, Parthenay, Niort, Fontenay-le-Comte, Pons, Jonzac, conservent de fiers témoins de leur passé, tandis que Saintes, au bord de la limpide Charente, s'enorgueillit de ses antiquités romaines, tout le long du rivage s'égrènent de charmantes stations balnéaires : Pornic, Les Sables-d'Olonne, une des plus belles plages de l'Europe; La Rochelle, le grand port de cette côte et le plus pittoresque aussi, puis Fouras, près de l'arsenal de Rochefort, St-Trojan, dans Oléron, Ronce-les-Bains à l'orée de la forêt de la Coubre; enfin Royan, la reine de la Gironde.

Tous les principaux ports maritimes de la Manche et de l'Océan Atlantique sont desservis directement par les lignes du Réseau de l'Etat : Dieppe, Fécamp, Le Havre, Rouen, Honfleur, Caen, Cherbourg, Granville, St-Malo, St-Brieuc, Morlaix, Brest, St-Nazaire, Nantes, Les Sables-d'Olonne, La Rochelle, La Rochelle-Pallice, Rochefort, Tonnay-Charente, Blaye et Bordeaux, et à chaque port aboutissent des voies ferrées de premier ordre qui ont leur continuation non seulement vers la Capitale et les principaux centres du territoire national, mais aussi vers l'Europe Centrale (Suisse, Italie, etc...,) ainsi que vers l'Espagne et le Portugal.

CHEMINS DE FER DE L'ÉTAT

Des billets simples et des billets d'aller et retour individuels de 1re, 2e et 3e classes sont délivrés toute l'année, de toute gare à toute gare, du Réseau de l'Etat.

Il est également délivré des billets d'aller et retour de famille dont les principales conditions de délivrance et d'utilisation sont énumérées ci-après :

BILLETS D'ALLER et RETOUR de FAMILLE
de 1re, 2e et 3e classes

délivrés toute l'année, aux familles composées d'au moins trois personnes, payant place entière, pour un parcours minimum de 300 km. (retour compris) ou payant pour cette distance.

Le billet doit comprendre obligatoirement un enfant non marié, âgé de moins de 21 ans, s'il s'agit d'un fils, et de moins de 25 ans, s'il s'agit d'une fille.

Il peut comprendre, en outre, les ascendants de cet enfant, ses frères et sœurs, célibataires, quel que soit leur âge, deux domestiques pour l'ensemble de la famille et une nourrice pour tout enfant de moins de 3 ans.

Les domestiques ne peuvent être inscrits sur un billet de famille que si celui-ci comprend au moins trois membres de la famille.

Les orphelins de père et de mère sont assimilés aux enfants des personnes qui les ont recueillis.

Les prix de ces billets de famille sont calculés sur la distance totale d'aller et retour :

1re et 2e personnes, tarif ordinaire des billets simples ;
3e personne, tarif ordinaire des billets simples, réduit de 50 o/o ;
4e personne et suivantes, tarif ordinaire des billlets simples, réduit de 75 o/o.

VALIDITÉ DES BILLETS

BILLETS DÉLIVRÉS :	VALIDITÉ	Prolongation moyennant supplément de 10°/₀ du prix initial du billet
Du 15 juin au 31 juillet.	jusqu'au	aucune prolongation.
Du 1er août au 31 août..	5	une seule prolongation de 30 jours.
Du 1er sept. au 30 sept...	novembre	une ou deux prolongations de 30 j.
Du 1er octobre au 14 juin	33 jours	une ou deux prolongations de 30 j.

Pour tous renseignements complémentaires, s'adresser aux gares.

CHEMINS DE FER DE L'ÉTAT
et de
LONDON BRIGHTON

PARIS à LONDRES

Via DIEPPE et NEWHAVEN

Par la gare Saint-Lazare

Voie la plus économique et la plus pittoresque

~~~~~~

SERVICES RAPIDES QUOTIDIENS

(Dimanches et Fêtes compris)

Grands et puissants Paquebots à turbines
les plus luxueux et les plus rapides de la Manche
affectés au service des voyageurs
entre Dieppe et Newhaven et vice versa

Ces Paquebots sont munis de Postes de T. S. F.
ouverts à la correspondance privée

CHEMIN DE FER DU NORD

Arras. Petite Place, aspect avant la guerre.
Cliché de l'Illustration.

Avant la guerre, le réseau du Nord desservait l'une des régions les plus productives de la France, tant au point de vue industriel (houillères, métallurgie, textiles, etc.) qu'au point de vue agricole (céréales, betteraves, sucre, alcools, bières, etc.).

Ce réseau donne, en outre, accès aux plages de la mer du Nord et de la Manche si fréquentées à cause de leur proximité de Paris; avec ses plaines vallonnées alternant avec de nombreuses régions boisées, il desservait des sites d'un attrait particulier et les forêts réputées de Chantilly, de Compiègne, de Villers-Cotterets, du Nouvion et de Mormal attiraient de nombreux visiteurs.

Enfin, ses services internationaux à marche extrêmement rapide mettaient en relation Paris avec l'Angleterre, la Belgique, la Hollande, le Luxembourg, l'Allemagne, les Pays scandinaves, la Russie, la Sibérie et le Japon par le Transsibérien.

Or, le réseau du Nord sur lequel se sont déroulées les batailles les plus acharnées et les plus meurtrières de la Grande Guerre 1914-1918 est aujourd'hui à peu près complètement dévasté et donne l'impression d'un immense désert morne et solitaire.

C'est, en effet, dans les régions du nord de la France qu'ont eu lieu les offensives :

D'Artois (9 mai et 25 septembre 1915);

De la Somme et de l'Ancre (1er juillet 1916);
Du Soissonnais et du Chemin-des-Dames (16 avril 1917);
De la Forêt de Villers-Cotterets (18 juillet 1918);
De la Région de Montdidier (7 août 1918).

C'est également dans ces régions que furent effectuées les destructions systématiques de villes, villages, usines, monuments historiques, etc., lors du recul de l'ennemi en mars 1917 sur la ligne Hindenbourg; ensuite, pendant l'automne 1918, lorsqu'il fut chassé définitivement de France.

Le réseau du Nord présente donc, actuellement, deux zones distinctes : la zone chaotique, où se déroulèrent les grandes batailles; la zone de destruction systématique, opérée par l'Allemand au cours de ses retraites,

Arras. Petite Place, aspect fin 1918.
Cliché de l'Illustration.

Pour tous renseignements concernant la visite des champs de bataille au moyen, soit des trains de pèlerinage mis en marche à certaines dates indiquées par affiches spéciales, soit par les trains ordinaires avec circuits combinés comportant une partie du parcours en automobile, s'adresser au Bureau des renseignements et aux guichets de distribution des billets pour les pèlerinages en gare de PARIS-NORD,

COMPAGNIE DE NAVIGATION MIXTE

(Cie TOUACHE)

SOCIÉTÉ ANONYME AU CAPITAL DE 15.000.000 DE FR.

PAQUEBOTS-POSTE FRANÇAIS

ALGÉRIE — TUNISIE

EXPLOITATION :

54, Cannebière — MARSEILLE

AVIS IMPORTANT

MM. les Voyageurs peuvent se procurer dans les gares et les librairies les Recueils suivants, publications officielles des chemins de fer, paraissant depuis plus de soixante ans, édités par la LIBRAIRIE CHAIX, rue Bergère, 20, Paris.

INDICATEUR-CHAIX hebdomadaire, comprenant les horaires de tous les chemins de fer français, y compris ceux d'Alsace-Lorraine. . . . . Prix : 3 fr. 50

LIVRETS SPÉCIAUX de chaque réseau : paraissant tous les mois.

Réseau de l'État. . . . . Prix : 1 fr. 50
Réseau de Paris-Lyon-Méditerranée. . . . . . — 1 fr. 50
Réseau d'Orléans. . . . . — 1 fr. 10
Réseau de l'Est . . . . — 1 fr. 10
Réseau du Nord. . . . . — 1 fr. »
Réseau du Midi . . . . — 0 fr. 75
Réseau d'Alsace-Lorraine. . . . . — 1 fr. 10

LIVRET D'ENSEMBLE comprenant les sept réseaux.
Prix. . . . . 5 fr. »

LIVRETS SPÉCIAUX de chaque banlieue :

Banlieue de l'État . . . . Prix : 0 fr. 40
Banlieue du Nord. . . . . — 0 fr. 30
Banlieue de Paris-Lyon-Méditerranée. . . . . — 0 fr. 25
Banlieue d'Orléans. . . . . — 0 fr. 25
Banlieue de l'Est. . . . . — 0 fr. 25

LIVRET SPÉCIAL de l'Algérie, de la Tunisie et de la Corse . . . . Prix : 0 fr. 50

— 64 —

AUX VOYAGEURS

MM. les Voyageurs consulteront très utilement, pour établir et suivre leur itinéraire, les **CARTES** *des chemins de fer énumérées ci-après. Ces cartes indiquent toutes les lignes en exploitation. — Adresser les demandes à la Librairie-Chaix, rue Bergère, 20, à Paris.*

CARTE DES CHEMINS DE FER **DE LA FRANCE** et de la **NAVIGATION**, à l'échelle de 1/1 200 000°, imprimée en deux couleurs et coloriée par département (1 m. 20 sur 0 m. 90). Toutes les stations sont mentionnées. Cartouches contenant les environs de Paris, de Lille, la Corse, ainsi que des petits plans des principales villes avec l'indication des raccordements de lignes. — Les cours d'eau sont imprimés en bleu. — Prix : en feuille, 12 fr. ; collée sur toile et pliée dans un étui, 25 fr. ; montée sur gorge et rouleau, 35 fr. Port en sus : en feuille, 3 fr. 50 ; en étui, 1 fr. 25 ; montée baguettes, 2 fr. 50.

CARTE DES CHEMINS DE FER **DE LA FRANCE** au 1/1 200 000° imprimée en noir, avec un tracé spécial pour chaque réseau, indiquant les points de jonctions (transit) des compagnies entre elles. Toutes les stations sont mentionnées. Cartouches contenant les environs de Paris, de Lille, la Corse, ainsi que des petits plans des principales villes avec l'indication des raccordements de lignes. — Prix : en feuille sur papier parcheminé, 2 fr ; pliée dans un cartonnage, 3 fr. 50 ; collée sur toile et pliée en étui, 16 fr. ; montée baguettes et vernie, 25 fr. Port en sus : en feuille, 3 fr. 50 ; en étui, 1 fr. 25 ; montée baguettes, 2 fr. 50.

ANNUAIRE-CHAIX DES PRINCIPALES SOCIÉTÉS PAR ACTIONS
Contenant des renseignements d'une utilité pratique sur les Compagnies de chemins de fer, les Institutions de crédit, les Banques, les Sociétés minières, de transport, industrielles, les Compagnies d'assurances, etc., notamment les dispositions essentielles des statuts, les titres en circulation, — le revenu et le cours moyen des titres pour le dernier exercice, — les époques et lieux de paiement des coupons, etc. — Une liste des agents de change de Paris et des départements, et une liste des principaux banquiers de Paris, Lyon, Marseille, Bordeaux, Toulouse et Nantes, complètent le volume. — Un vol. in-18, br., d'environ 700 pages. — Prix : 10 fr. (franco : 11 fr. 25).

NOUVEAU PLAN DE PARIS au 1/16 000°, imprimé en trois couleurs.
Avec des cartouches spéciaux au 1/8 000° pour faciliter les recherches dans les parties les plus chargées du plan. — Prix : en feuille roulée, 5 fr. ; collé sur toile et plié dans un étui, 18 fr. ; collé sur toile, monté sur baguettes et verni, 28 fr. Port en sus : en feuille, 3 fr. 50 ; en étui, 1 fr. 25 ; monté baguettes, 2 fr. 50.

NOMENCLATURE DES RUES Comportant le plan ci-dessus, et donnant les adresses des établissements publics, les jours et heures d'entrée dans les musées et bibliothèques, etc., etc. Prix, cartonné, 6 fr. Port en sus, 0 fr. 70.

— 65 —   Type B—3

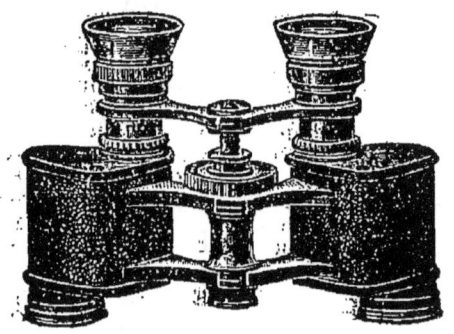

J. LESQUENDIEU, Parfumeur, PARIS

J. LESQUENDIEU, Parfumeur, PARIS

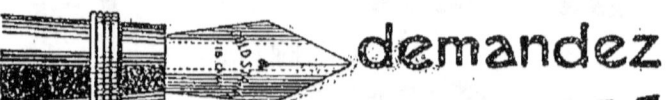

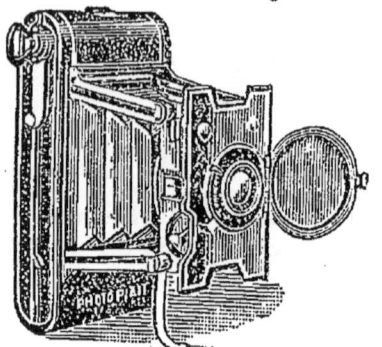

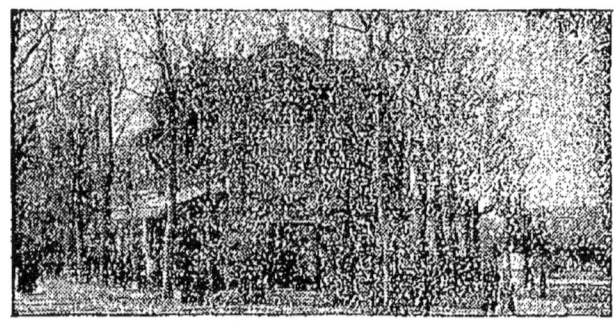

— 76 —

— 79 —

— 87 —

CANNES

CANISY HOTEL

Maison de famille

Entièrement remis à neuf

Situation élevée. — Vue unique sur l'Estérel, les Iles
et le Mont Chevalier

LE DERNIER CRI DU CONFORT MODERNE

Eau chaude et froide dans toutes les chambres

Appartements privés avec salle de bains, lavabos, etc.

Chauffage central. — Ascenseur

JARDIN — TERRASSE

Omnibus à la gare. — Service de voiture pour le Casino

Mᵐᵉ LEMAIRE, Propriétaire

— 98 —

— 111 —

— 115 —

MERVEILLES DES PYRÉNÉES

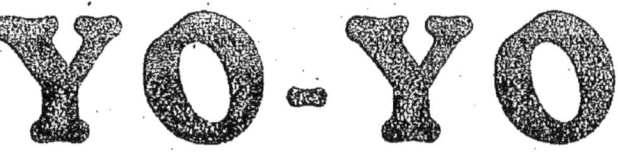

— 121 —

— 124 —

MONTE-CARLO

LE SEUL DANS LES JARDINS DU CASINO

HOTEL DE PARIS

Somptueusement et entièrement reconstruit

OUVERT TOUTE L'ANNÉE

Rendez-vous du high-life français et étranger

400 CHAMBRES

Salons et appartements particuliers avec salle de bains

INSTALLATION SANS RIVALE

CINQ ASCENSEURS FONCTIONNENT EN PERMANENCE

Annexes de l'Hôtel de Paris

RESTAURANT DE PARIS

En communication directe avec tous les étages de l'hôtel

CAFÉ DE PARIS

Somptueusement installé, rivalisant avec les premiers
établissements similaires de Paris.

BAR AMÉRICAIN ET GRILL-ROOM

Dans l'intérieur du Casino : BARS ET BUFFET

BUFFET AU TIR AUX PIGEONS

NOUVEL HOTEL DE PARIS

(Annexe de l'hôtel de Paris)

40 appartements munis de la plus parfaite installation

GEORGES FLEURY,
Administrateur-Délégué-Directeur

141

--- 147 ---

— 150 —

— 163 —

VICHY

Hôtel du Parc
et Majestic

400 CHAMBRES — 200 SALLES DE BAINS
RESTAURANT

Golf — Tennis — Croquet

Thermal Palace

300 CHAMBRES — 300 SALLES DE BAINS
RESTAURANT

Vichy
HOTEL ET VILLAS DES AMBASSADEURS

200 chambres. — Salles de bains. — Grand jardin. — Situation unique entre les deux parcs. — Le tout dernier confort. — Garage.

Vichy
INTERNATIONAL HOTEL
SUR LE PARC EN PLEIN CENTRE THERMAL ENTIÈREMENT NEUF
DE TOUT PREMIER ORDRE — FIRST CLASS
L. MOALHAT et ses Fils, Propriétaires

Vichy
ASTORIA PALACE

Hôtel de grand luxe sur le parc. — *Ouvert toute l'année.* — Appartements complets avec bains et W.-C. — Eau chaude et froide. — Toutes les chambres chauffées. — Deux ascenseurs. — Restaurant de premier ordre. — *Même maison : Royal Hôtel Aubrac, Aveyron.* — Cure d'air. — Altitude 1430 mètres. — I. GILBERT.

Vichy
HOTEL DES PRINCES

Sur le Parc en face le Casino. — *Entièrement reconstruit et remis à neuf.* — De premier ordre. — Appartements avec salle de bains. — *Chambres avec cabinet de toilette à eau courante chaude et froide.* — Table d'hôte par petites tables. — Restaurant à la carte et à prix fixe. — Hall. — Ascenseur. — Chauffage central. — Téléphone 1.55. — H. COFFIGNEAU, prop., chef de cuisine l'hiver au Gd Hôtel de Cannes.

--- 155 ---

— 159 —

Tunis

HOTELS appartenant à MM. J. EYMON & Cie

Grand Hôtel et Hôtel de France, de tout premier ordre.

Tunis-Hôtel et de Genève. Prix très modérés.

Hôtel Eymon (sans Restaurant). Vue sur la ville arabe.

"Au Souffle du Zéphir", Hôtel à Marsa-Plage, banlieue de Tunis.
Vue sur la mer.

— 165 —

Type B - 6*

Spécialités pharmaceutiques

USINE A VAPEUR ET MAISON D'EXPÉDITION

Maison Aug. GAFFARD, à Aurillac

APERÇU DE QUELQUES PRODUITS SPÉCIAUX

Ayant obtenu les plus hautes récompenses dans toutes les Expositions où ils ont figuré :

Fébrifuge Gaffard, infaillible contre les fièvres paludéennes; prix 6 fr., franco. — **Pilules panchymagogues**, dépuratif au suprême degré, contre toutes les humeurs; prix 6 fr. la boîte. — **Produits des montagnes d'Auvergne** : Gland doux, Moka français, Malt-Gaffard, Cafés hygiéniques recommandés par les sommités médicales. — **Mélanogène Gaffard**, poudre pour encre noire, violette, rouge et bleue. — **Muricée phosphorée**, pour la destruction des rats et autres rongeurs. — **Spécialité d'Encens pour églises.**

Envoi de notices détaillées sur demande affranchie

BANLIEUE DE PARIS

Atlas-Guide des 78 Communes du Département de la Seine

DRESSÉ PAR
LOUIS HERMANN

78 PLANS EN COULEURS
AVEC TEXTE

Deux volumes in-16, cartonnés :

RÉGION OUEST, 41 plans
Un volume, cartonné. . . . . 7 fr. 50

RÉGION EST, 37 plans
Un volume, cartonné. . . . . 7 fr. 50

LIBRAIRIE HACHETTE
79, BOULEVARD SAINT-GERMAIN, 79
PARIS

GUIDES DIAMANT

FORMAT in-32

AUVERGNE	PARIS
BRETAGNE	PROVENCE
DAUPHINÉ-SAVOIE	PYRÉNÉES
NORMANDIE	SUISSE
BELGIQUE-HOLLANDE	

MONOGRAPHIES ILLUSTRÉES

FORMAT in 16

Nota: *Les Monographies traduites en anglais sont soulignées.*

LIBRAIRIE HACHETTE
79, BOULEV. St GERMAIN, PARIS.